新　視　野
中華經典文庫

新 視 野
中華經典文庫

老子

名譽主編
饒宗頤

導讀及譯注
陳鼓應
蔣麗梅

中華書局

新視野中華經典文庫

老子

□
導讀及譯注
陳鼓應　蔣麗梅

□
出版
中華書局（香港）有限公司
香港北角英皇道 499 號北角工業大廈一樓 B
電話：(852) 2137 2338　傳真：(852) 2713 8202
電子郵件：info@chunghwabook.com.hk
網址：http://www.chunghwabook.com.hk

□
發行
香港聯合書刊物流有限公司
香港新界大埔汀麗路 36 號
中華商務印刷大廈 3 字樓
電話：(852) 2150 2100　傳真：(852) 2407 3062
電子郵件：info@suplogistics.com.hk

□
印刷
深圳中華商務安全印務股份有限公司
深圳市龍崗區平湖鎮萬福工業區

□
版次
2012 年 7 月初版
2022 年 4 月第 7 次印刷

□
規格
大 32 開（205 mm × 143 mm）

□
ISBN：978-988-8148-87-5

出版說明

為甚麼要閱讀經典？道理其實很簡單——經典正正是人類智慧的源泉、心靈的故鄉。也正是因此，在社會快速發展、急劇轉型，因而也容易令人躁動不安的年代，人們也就更需要接近經典、閱讀經典、品味經典。

邁入二十一世紀，隨着中國在世界上的地位不斷提高，影響不斷擴大，國際社會也越來越關注中國，並希望更多地了解中國、了解中國文化。另外，受全球化浪潮的衝擊，各國、各地區、各民族之間文化的交流、碰撞、融和，也都會空前地引人注目，這其中，中國文化無疑扮演着十分重要的角色。相應地，對於中國經典的閱讀自然也就有不斷擴大的潛在市場，值得重視及開發。

於是也就有了這套立足港臺、面向海外的「新視野中華經典文庫」的編寫與出版。希望通過本文庫的出版，繼續搭建古代經典與現代生活的橋樑，引領讀者摩挲經典，感受經典的魅力，進而提升自身品位，塑造美好人生。

本文庫收錄中國歷代經典名著近六十種，涵蓋哲學、文學、歷史、醫學、宗教等各個領域。編寫原則大致如下：

（一）精選原則。所選著作一定是相關領域最有影響、最具代表性、最值得閱讀的經典作品，包括中國第一部哲學元典、被尊為「群經之首」的《**周易**》，儒家代表作《**論語**》、《**孟子**》，道家代表作《**老子**》、《**莊子**》，最早、最有代表性的兵書《**孫子兵法**》，最早、最系統完整的醫學典籍《**黃帝內經**》，大乘佛教和禪宗最重要的經典《**金剛經**》、《**心經**》、《**六祖壇經**》，中國第一部詩歌總集《**詩經**》，第一部紀傳體通史《**史記**》，第一部編年體通史《**資治通鑒**》，中國最古老的地理學著作《**山海經**》，中國古代最著名的遊記《**徐霞客遊記**》，等等，每一部都是了解中國思想文化不可不知、不可不讀的經典名著。而對於篇幅較大、內容較多的作品，則會精選其中最值得閱讀的篇章。使每一本都能保持適中的篇幅、適中的定價，讓普羅大眾都能買得起、讀得起。

（二）尤重導讀的功能。導讀包括對每一部經典的總體導讀、對所選篇章的分篇（節）導讀，以及對名段、金句的賞析與點評。導讀除介紹相關作品的作者、主要內容等基本情況外，尤強調取用廣闊的「新視野」，將這些經典放在全球範圍內、結合當下社會生活，深入挖掘其內容與思想的普世價值，及對現代社會、現實生活的深刻啟示與借鑒意義。通過這些富有新意的解讀與賞析，真正拉近古代經典與當代社會和當下生活的距離。

（三）通俗易讀的原則。簡明的注釋，直白的譯文，加上深入淺出的導讀與賞析，希望幫助更多的普通讀者讀懂經典，讀懂古人的思想，並能引發更多的思考，獲取更多的知識及更多的生活啟示。

（四）方便實用的原則。關注當下、貼近現實的導讀與賞析，相信有助於讀者「古為今用」、自我提升；卷尾附錄「名句索引」，更有助讀者檢索、重溫及隨時引用。

（五）立體互動，無限延伸。配合文庫的出版，開設專題網站，增加朗讀功能，將文庫進一步延展為有聲讀物，同時增強讀者、作者、出版者之間不受時空限制的自由隨性的交流互動，在使經典閱讀更具立體感、時代感之餘，亦能通過讀編互動，推動經典閱讀的深化與提升。

這些原則可以說都是從讀者的角度考慮並努力貫徹的，希望這一良苦用心最終亦能夠得到讀者的認可、進而達致經典普及的目的。

「弘揚中華文化」是中華書局的創局宗旨，二〇一二年又正值創局一百週年，「承百年基業，傳中華文明」，本局理當更加有所作為。本文庫的出版，既是對百年華誕的紀念與獻禮，也是在弘揚華夏文明之路上「傳承與開創」的標誌之一。

需要特別提到的是，國學大師饒宗頤先生慨然應允擔任本套文庫的名譽主編，除表明先生對本局出版工作的一貫支持外，更顯示先生對倡導經典閱讀、關心文化傳承的一片至誠。在此，我們要向饒公表示由衷的敬佩及誠摯的感謝。

倡導經典閱讀，普及經典文化，永遠都有做不完的工作。期待本文庫的出版，能夠帶給讀者不一樣的感覺。

中華書局編輯部

二〇一二年六月

目錄

下篇

「道」：萬物的本原

——《老子》導讀

陳鼓應

老子姓老，名聃，春秋末道家學派的開創者。老聃與孔子同時代，年長孔子約二十歲，哲學上的老子和文化上的孔子，其關係亦師亦友。

老子是中國哲學的創始人，《老子》一書為老聃自著，近年湖北荊門郭店出土並公佈的竹簡《老子》——這件在地下埋藏了二千多年的實物證據的問世，有力推翻了《老子》晚出說的謬誤。

老子其人其書

老聃，世人尊稱為老子（約公元前五七〇年～？），一如尊稱孔丘為孔子、墨翟為墨子（「子」為先生之義）。司馬遷說：「姓李氏，名耳」。這是漢人的說法。根據高亨先生考訂，春秋二百四十年間並無「李」姓，但有「老」姓。「老」、「李」一音之轉，老子原姓老，後以音同變為李。而「耳」、「聃」字義相近，故稱作耳。總之，「老聃」被尊稱為「老子」在先秦典籍中屢見，毋庸置疑。

老子是陳國人，後陳被楚滅，故稱楚人。「楚苦縣厲鄉」，即後來的安徽亳州府，現在隸屬於河南省鹿邑縣。老子曾為周朝史官，《史記》稱他為「周守藏室之史」。「守藏史」相當於國家圖書館館長。司馬遷說：「孔子之所嚴事者，於周則老子，……於楚，老萊子。」（《史記．仲尼弟子列傳》）孔子分別問學於老子與老萊子，都有著作傳世，著書篇目各不相同（「老子著書上下篇」，「老萊子亦楚人也，著書十五篇」）。但梁啟超、馮友蘭等人出於粗心或有意扭曲，以至於把老子和老萊子混淆不清。

老子與孔子同時代，孔子生於魯襄公二十二年（公元前五五一），老子生於公元前五七〇年左右，比孔子年長二十歲上下。《史記》記載「孔子問禮於老子」之事，當屬史實。先秦典籍如《莊子》、《呂氏春秋》及《禮記．曾子問》等不同典籍都曾提及此事。

《呂氏春秋．當染》說：「孔子學於老聃」。老子和孔子的關係亦師亦友，在多種文獻記載中值得我們留意的有這幾點：一、同源異流：老子與孔子同是殷周文化的繼承者與創新者。同源中的「異流」則是孔子為中國文化史上繼往開來的第一人，其「有教無類」、「誨人不倦」的精神，更使他成為教育史上的「萬世師表」。老子則是中國哲學的開創者，他所建構的「道」論，不僅發先秦諸子所未發，更成為中國古典哲學的主幹。二、文化與哲學的對話：文化的孔子與哲學的老子進行對話，二人談論的細節雖不得而知，但從各書記載中可以窺知孔子的問題屬於文化層面（「禮」）；而老子的解答則總會從文化的議題引向哲學層面（「道」）。故孔、老間的對話就是屬於文化與哲學的對話。三、對話的開放心態：儒、道開創人首次的對話，彼此學術間的立場與觀點雖異，而對話的心態則是真摯而開放的。這和後來孟子惡意攻擊楊、墨，以及宋明儒者為了維護道統而排斥佛、老的狹隘心態相較，真有天壤之別。故老、孔之間的對話誠為思想史上令人神會的一個開端。

老子是中國哲學的開山祖，老聃自著的《老子》是先秦哲學中最早的一本哲學著作。《史記》明確記載老子「著書上下篇，言道德之意，五千餘言」。司馬遷這裏所說老子著書的篇目、主旨和字數，都與通行本《老子》相吻合。一九九八年北京文物出版社印行《郭店楚墓竹簡》，首次公佈湖北荊門郭店出土的竹簡《老子》，這件在地下埋藏了二千多年的實物證據的問世，有力推翻了《老子》晚出說的謬誤。

陳楚文化圈是孕育老子思想的原鄉，中年以後他入朝任史官，長期沉浸在中原文化的核心地帶。他長於思索宇宙的奧秘及人生的哲理，在孔子到周室拜訪他時，他已是當時學術界的泰斗。隨着他那精簡而深刻的著作流傳各地，我們從先秦典籍廣氾引用《老子》書中的重要概念與文句，可以證實它成書之早與影響之廣。如《論語・憲問》明確引用《老子・六十三章》「以德報怨」；其後，

《墨子》引用《老子》觀念與文句約十條、《管子》引用《老子》觀念與文句多達三十一條、《莊子》引用《老子》觀念與文句多達一百二十二條、《荀子》引用《老子》觀念與文句十三條、《韓非子》引用《老子》觀念與文句達七十二條、《呂氏春秋》引用《老子》觀念與文句多達二十九條。由此可見，《老子》思想對道儒墨法各家各派影響的廣遠。

老子思想

林語堂在他的英文著作《老子的智慧》中說：「孔子的學說過於崇尚現實，太缺乏想像的意涵。」「孔子的哲學是維護傳統秩序的哲學，主要處理的是平凡世界中的倫常關係，不但不令人激奮，反易磨損一個人對精神方面的渴求，以及幻想馳奔的本性。」這裏隱約道出儒家是透過社會規範的建立，以提高人的道德價值；道家是透過哲學精神的建立，以提升人的心靈境界。林語堂又說：「儒道兩家的差別，在公元前一三六年，漢武帝獨尊儒術後，被明顯地劃分出來：官吏尊孔，作家與詩人則欣賞老莊。」這裏指出漢以後，儒道分途：儒家在中國政治社會中成為顯文化及官方哲學，而道家則成為潛文化及民間哲學。

陳榮捷在他的英文著作《中國哲學文獻選編》中說：「假如沒有《老子》這本書的話，中國文化與中國人的性格將會截然不同。假如不能真正領會這本小書裏的玄妙哲思，我們就不能期望他可以理解中國的哲學、宗教、政治、藝術和醫藥。」又說：「在某些層面，道家進入生命之道更深更遠，所以雖然古代從諸子百家都各道其道，但道家卻得獨享其名。」

進入老子的思想領域，讓我們先從他的「道」談起。

可道之道與不可道之「道」

「道」不僅是中國文化的象徵，也是中國哲學的最高範疇。而第一位將道視為最高範疇的哲學家就是老子。《老子》第一章便指明「道」是天地萬物之始源：道可道，非常道；名可名，非常名。無，名天地之始。有，名萬物之母。

老子是第一個將道提升至形而上地位的哲學家，他認為一切萬物皆由道所出，甚至連天地都由道而來。但是道一開始並非具有形而上意味，因此我們有必要先說明「道」的原義及轉化到形而上的道。

「道」這個象形文字就具有特殊的意涵。道從「首」從「走」，象徵着人從四肢落地的動物群中抬起頭來，當人類昂首挺立開始活動，便在天地間創造出一部輝煌的歷史。所以在「道」的字源中，就隱含着行走的意象與創造的意義，所以老莊說「道行之而成」，又說道創生萬物（「道生之」）。

「道」的字義由行走、運行引伸出秩序、方法、規準、法則等意涵。這些重要意涵，為老子之前的思想家及老子之後的戰國諸子所共同使用，並各自賦予以特殊的內涵。自殷周以降，人們探索日月星辰等天象運行的規律，稱作「天道」；建立人類社會行為的規範，叫作「人道」。各家的關注雖有所不同，如孔子「罕言天道」而用心於「人道」；老子則不僅藉「天道」而彰顯「人道」，而且進一步將「天道」與「人道」均統攝於其形上之道中。

老子是第一個提出形上之道的概念和理論的哲學家。老子之前的思想家都只思考「形而下」的存在問題，也就是只探討現實世界（亦稱現象界或經驗界）的問題。一切「形而下」的事物都有名字，都可以命名（所謂「物固有形，形固有名」）。老子卻指出，除了「可以命名的」（「可道之道」）之外，還有超乎形象的「形而上」存在。這「形而上」的存在是現象界萬物之所由來——稱之為「道」。

人不是一個無頭無根的存在，老子的哲學正是要探究人之存在的源頭與根由，並試圖在紛紜的萬物中尋找其活動的法則及始源。當我們讀到前面引用的《老子》第一章文句時，就將人們的思考從常識世界中帶入另一個新天地。

《老子》書上不只提出萬物本原（「天地之始」、「萬物之母」）的問題，還提出宇宙生成的問題

（如四十二章謂「道生一，一生二，二生三，三生萬物」），並提出宇宙變動歷程的問題（如四十章謂「反者道之動」，二十五章謂「周行而不殆，……大曰逝，逝曰遠，遠曰反」）。

作為萬物本原和本根的「道」是無形、無限性的，因此老子簡稱它為「無」；它是實存而且萬物都由它以生，所以又稱之為「有」，《老子》第一章的「無」「有」乃「異名同謂」的指稱形上道體的兩個面向。

每個哲學家都有他的一套理論預設，老子的「道」便是為了現實世界提供一套合理的理論說明而創構的。老子除了在形而上學的領域內肯定道是萬物的本原和本根之外，他還賦予道幾層重要的意涵：一、道為萬有生命的泉源。老子認為萬物都是由道所創生的（如五十一章謂「道生之，德畜之」），所以莊子稱它為「生生者」（《大宗師》），稱讚大道神奇的「刻雕眾形」，天地間各類品物萬種風情，使宇宙宛如一個無盡藏的藝術寶庫。二、道為一切存在之大全。老子說：「萬物得一以生」（第三十九章），這裏以「一」喻道（《韓非子．揚榷》說：「道無雙，故曰一」）。其後莊子以「一」指宇宙整體、一切存在之大全。老莊視宇宙為有機的統一體，莊子說：「道通為一」（《齊物論》），即視宇宙為無數個體生命關係之反映，而生命的每個方面在整體宇宙中都是彼此相互依存、相互匯通的。三、道為大化流行之歷程。老子認為道體是恆動的（四十章謂「反（返）者道之動」）；道的存在是廣大無邊的，道的運行是周流不息的（二十五章謂「周行而不殆」）。老子用「逝」、

「遠」、「反」（「返」），來形容「道」在宇宙大化發育流行中依循着終而後始法則運轉的無窮歷程。四、道為精神生命之最高境界。老子說過這樣一句令人矚目的話：「為學日益，為道日損。」（四十八章）這是說對外在世界探討所得的知識，越累積越增多；對道的體會越深，主觀成見和私心就會越來越減少。這裏所說的「為道」是屬於精神境界的修養；在人生境界的修養上，老子提到要「挫銳」「解紛」，消除個我的固蔽，化除人群的隔閡，從親疏貴賤之別異層次中，提升到「和光」「同塵」的「玄同」境界（參見五十六章）。老子的「玄同」之境為莊子所宏揚，而將形上之道作為提高人類精神生命和思想生命的最高指標。

有無相生

《老子》第二章開頭的一段話，討論到現象世界事物之間相互對立、相互關聯及價值判斷相對性的問題。它說：天下皆知美之為美，斯惡已；皆知善之為善，斯不善已。故有無相生，難易相成，長短相形，高下相盈，音聲相和，前後相隨。

這是說沒有美，就不會有醜（「惡」）；沒有善，就不會有不善；同理，老子認為沒有「有」，就無所謂「無」；沒有「難」，就無所謂「易」；沒有「長」，就無所謂「短」。我們以「有無相生」這一重要哲學命題為代表，來敍述老子對現象世界觀察的一些洞見：一、事物存在的相互依存。老子看到一切事物都有它的對立面：事物有顯的一面，也有隱的一面；有其表層結構，也有其深層結構。因而觀察事象不能流於片面，思考問題不可出於單邊。老子說：「三十輻，共一轂，當其無，有車之用。……故有之以為利，無之以為用。」（十一章）一般人只看到事物的顯相（「有」），而沒有看到事物的隱相（「無」），事實上「有」「無」是相互補充而共同發揮作用的。二、事物對立面的相互轉化。老子認識到事物的對立面不是一成不變的，它們經常相互轉化。他說正常能轉化為反常，善良能轉化為妖孽（五十八章：「正復為奇，善復為妖」）；又說：委曲反能全，屈枉反能伸直，低下反能充滿，敝舊反能更新，少取反能多得，貪多反而迷惑（二十二章：「曲則全，枉則直，窪則盈，敝則新，少則得，多則惑」）。用這道理來看我們上層政治人物，恰恰栩栩如生地呈現出如此情景。三、事物相反而皆相成。老子說：「禍兮福之所倚，福兮禍之所伏。」（五十八章）表明對立面雙方的聯繫性。老子系統地揭示出事物的存在是相互依存的，而不是孤立的。如有無、美醜、動靜、陰陽、損益、剛柔、強弱、正反等等，都是對反而立又相互蘊涵。老子說：「萬物負陰而抱陽，沖氣以為和。」（四十二章）在老子相反相成的辯證思想中，「陰陽沖和」和「有無相生」是兩個最具代表性的命題。

逆向思維是老子辯證法中另一個特殊的思想方式。老子說：「正言若反」——合於真理的話卻與俗情相反。《老子》整本書所表達的都切合於道的正言，但乍聽時好像在說反面的話。

為無為

「無為」的概念是老子逆向思維的一個範例。在《老子》一書中，「無為」這一個特殊用詞幾乎都是針對於統治者而發的。老子期望掌握權勢的在位者不妄為、「弗獨為」（《鶡冠子．道端》，要「以百姓心為心」（四十九章）。其後莊子學派更將老子告誡治者勿專權、毋濫權的「無為」理念，延伸為放任思想和不干涉主義。

老子說「無為」，又提出「為無為」（三章）。像「為無為」這類正反結合的語詞所蘊含的深意，屢見於《老子》一書，如謂：「生而不有，為而不恃，長而不宰。」（十章、五十一章）英國的羅素就很欣賞老子這些話，認為人類有兩種意志：創造的意志和佔有的意志，老子便是要人發揮創造的動力而收斂佔有的衝動——「生而不有，為而不恃」正是這層意思。老子還說：「為而不爭。」（八十一章），也與「為無為」同義，要治理階層以服務大眾（「為人」、「與人」）為志，而不與民爭權奪利。

道法自然

人們一提起老子，就會想到他自然無為的主張。簡言之，這主張就是聽任事物自然發展。「自然」是老子的核心觀念，乃是自己如此的意思，它被英譯為「spontaneous」（自發的），名詞則為「spontaneity」（自發），但原文不是名詞，而是狀詞；也就是說，自然不是指具體存在的自然界（天地），而是形容「自己如此」的一種情狀。《老子》二十五章有這樣一段重要的話：故道大，天大，地大，人亦大。域中有四大，而人居其一焉。人法地，地法天，天法道，道法自然。

這裏的引文分兩段來討論，前段是在提升人的地位，後段則在申說「道法自然」的意涵。老子把人列為「四大」之一，如此突出人在宇宙中的地位，這在古代思想史上實屬首見。

老子說：「死而不亡者壽。」（三十三章）這當指人的思想生命與精神生命之傳承延續而言。老子將人的地位如此高揚，為歷代道家所承繼，莊子對生命境界尤多發揮。老子在提升人的地位之後，接着講人之所以為貴，在於他能法天地之道，使他成為一個不斷把外界存在的特性內化為自己本質的過程。

人能成為四大之一，在於他能不斷地充實自己、拓展自己，他能從外在環境中吸取經驗知識以內化為自己的智慧。老子謂人法天地，便是意指人效法天地之清寧，效法天地之高遠厚重，進而效法道的自然性。

道的一個重要特性便是自然性。所謂「道法自然」，正是河上公注所說的「道性自然」。即謂「道」以它自己的狀態為依據。而道性自然即是彰顯道的自發性、自為性。所謂人法道的自然性，實即發揮人內在本有的自主性、自由性。

道性自然及人分有道的自然性，這學說有它特殊的意義：道也者，自由國度。人法其自性，則人處於自由自在的精神樂園。

柔弱勝剛強

《呂氏春秋》論及諸子學說特點時，強調「老聃貴柔」（《不二》）。「柔弱」是「無為」的一種表述。老子之所以倡導柔弱的作用，是鑒於人類行為自是、自專而失之剛暴，權勢階層尤然。

老子生當亂世，他一方面從人性的正面處去提升人的精神層次，另方面從人性的負面處去洞察社會動亂的根源。人類所以勝出別的動物，在於他能從學習中累積經驗以改善自身，並協合同群改造環境。但人類也比其他動物更為狡詐，更多心機；別種動物不知設計同類、不會陷害同類，更沒有本事發明器械去獵殺異類。尼采說：「人類是病得很深的一種動物。」這話可十分恰切地用來形容主政者權力運用不當，發動侵略戰爭而導致大規模殺戮行動的現象。這正是老子「無為」學說諄諄告誡主政者不可攬權濫權的用心；也正是老子諄諄告示主政者要「不爭」、「柔弱」、處下、謙虛為懷的用意。

老子喜歡用水來比喻理想的治者表現出柔弱不爭及處下的美德：「上善若水。水善利萬物而不爭，處眾人之所惡，故幾於道。」（八章）「大邦者下流，……大者宜為下。」（六十一章）「江海所以能為百谷王者，以其善下之。」（六十六章）

這些話雖然出自老子對他所處那個時代的感發，但更像是說給我們當代那些「權力傲慢」的霸主聽的。

身處於新世紀的我們，耳聞目睹兩次世界大戰及中東兩次海灣戰爭之大規模屠殺行徑，不禁想起老子對窮兵黷武者發出的警告：「兵者，不祥之器，……夫樂殺人者，則不可得志於天下矣。」（三十一章）「堅強者死之徒，柔弱者生之徒。」（七十六章）老子的「柔」道，無論用在治身或治國，都有益人群。老子所說的「柔弱」，並不是軟弱不舉，而是含有柔韌堅忍的意味。我們今日所處的世界，一方面普遍傳播着尊重人權的「地球村」觀念，另方面又屢屢目擊霸強「軍事單邊主義」的剛暴作風，在這相互矛盾的情景下，老子所倡導的柔道，猶不失為東方智慧所發出的人間天籟之音。

上篇

一章

本章導讀——

整章都在寫一個「道」字，「道」是老子哲學的最高範疇。道是不可言説的，是天地萬物的根源，也是人類行為的準則。「道」雖沒有固定的形體，卻是宇宙間唯一的、絕對的存在，道的不斷變動是創造宇宙的動力。老子在以下章節中試圖用水、谷、嬰兒的隱喻來描述道的特性，也試圖用很多經驗的名詞來説明道，但最終老子又將其一一否定，以此凸顯出「道」的精妙深奧。

道可道，非常道[1]；名可名，非常名[2]。無，名天地之始；有，名萬物之母[3]。故常無，欲以觀其妙；常有，欲以觀其徼[4]。此兩者，同出而異名，同謂之玄[5]。玄之又玄，眾妙之門[6]。

注釋

1 道可道，非常道：第一個道指道理，第二個道指言說，第三個道是老子哲學的專有名詞，指構成宇宙的實體與動力。

2 名可名，非常名：第一個名指具體事物的名稱；第二個名作動詞，是稱謂的意思；第三個名是老子特用術語，是稱「道」之名。

3 無，名天地之始；有，名萬物之母：無是天地的本始，有是萬物的根源。此句句讀一作「無名，天地之始；有名，萬物之母」。

4 妙：奧妙。徼（jiào）：邊際。本句句讀一作常無欲，以觀其妙；常有欲，以觀其徼，欲望妨礙人的認識，所以只有去除欲望，才能觀照到道的邊際。

5 玄：幽昧深遠的意思。

6 眾妙之門：一切奧妙的門徑。

譯文

可以用言詞表達的道，就不是常道；可以用文字表述的名，就不是常名。

無，是形成天地的本始；有，是創生萬物的根源。

所以常從無中，去觀照道的奧妙；常從有中，去觀照道的端倪。

無和有這兩者，同一來源而不同名稱，都可以說是很幽深的。幽深又幽深，是一切奧妙的門徑。

賞析與點評

「道可道，非常道」一句，這三個「道」字語境意義不同，但彼此之間具有內在聯繫。第一個「道」包含了天道和人道。天地間運行的法則（天道）和人事間行事的規範（人道），都必須透過語言文字來加以表述和建構。第二個「道」所指的就是語言的功能之意義。「道」這個象形文字代表着華夏地區的人群昂首挺立在大地上活動，共同譜寫出一部多彩的歷史。這使得「道」成為中國文化的象徵。第三個「道」是老子哲學的最高範疇，同時也成為了中國哲學的最高範疇。第一個和第三個「道」之間，則具有現象界和本體界（或曰本根界）的關係，第三個「道」是第一個「道」的本源和本根，如果借用王弼的話來說，它們是「體—用」、「母—子」的關係。

這三個「道」字語境雖異，但具有共同的基本意涵，那就是：方法、規準、法則，當然也就蘊含了和諧、秩序等等意涵。以「方法」來說，老子提出了對立辯證的思維，運用到現實社會之中，即是告訴人們應當承認對方的存在，了解對立面的彼此是相互依存的，如此一來，才不致於流於片面思考與單邊主義。

二章

本章導讀——

本章以美醜、善惡、有無、難易、長短、高下等相互對反的概念說明一切事物的存在都是相對的、變動的，即所謂「反者道之動」。事物在這種相互對反的關係中相互依賴，相互補充，互相顯成。

天下皆知美之為美，斯惡已[1]；皆知善之為善，斯不善已。

有無相生[2]，難易相成，長短相形[3]，高下相傾[4]，音聲相和[5]，前後相隨，恆也[6]。

是以聖人[7]處無為[8]之事，行不言之教[9]；萬物作而弗始[10]，生而弗有，為而弗恃，功

成而弗居。夫唯弗居，是以不去。

注釋

1 惡：指醜。此句中老子的原意不在於說明美的東西「變成」醜，而在於說明有了美的觀念，醜的觀念也同時產生了；下句「皆知善之為善，斯不善已」及後面「有無相生」等六句，都在於說明觀念的對立形成，並且在對待關係中彰顯出來。

2 有，無：指現象界事務的顯或隱而言。這裏的「有」、「無」與第十一章「有之以為利，無之以為用」之「有」、「無」同義，但與第一章喻本體界之道體的「有」、「無」不同。

3 形：一本作「較」。

4 傾：依靠，帛書本作「盈」。

5 音聲相和：樂器的音響和人的聲音互相調和。

6 恆也：總結上六句之辭。郭店本和通行本無此二字。

7 聖人：有道之人，是道家最高的理想人物。與儒家的人格形態不同，道家的聖人體任自然，拓展內在的生命境界，揚棄一切影響身心自由活動的束縛。

8 **無為**：不干擾，不妄為。

9 **言**：指政教號令。**不言**：不發號施令，不用政令。不言之教，指潛移默化的引導，而不是形式條規的督教。

10 **萬物作而弗始**：指對萬物不加干涉，王弼本作「萬物作焉而不辭」。

譯文

天下都知道美之所以為美，醜的觀念也就產生了；都知道善之所以為善，不善的觀念也就產生了。

有和無互相生成，難和易互相促就，長與短互為顯示，高和下互為呈現，音和聲彼此應和，前和後連接相隨。

所以有道的人以無為的態度來處理世事，實行「不言」的教導；萬物興起而不加干涉；生養萬物而不據為己有；作育萬物而不自恃己能；功業成就而不自我誇耀。正因他不自我誇耀，所以他的功績不會泯沒。

賞析與點評

「生而弗有，為而弗恃，功成而弗居」中「弗有」、「弗恃」、「弗居」是說人在發揮創造力、衣養萬物的同時不可伸展佔有的衝動。人類社會種種爭端的根源，就在於人人擴張一己的佔有欲，因此老子強調要依順自然，輔養萬物，任憑萬物各自生命的開展。

三章

不尚賢[1]，使民不爭[2]；不貴難得之貨，使民不為盜；不見可欲[3]，使民心不亂。是以聖人之治，虛其心[4]，實其腹，弱其志[5]，強其骨。常使民無知無欲[6]，使夫智者不敢為也[7]。為無為[8]，則無不治。

注釋

1 尚賢：標榜賢明。

2 不爭：指不爭功名，返自然也。

3 可欲：多欲之意。

4 虛其心：使人的心靈開闊。

5 弱：與虛一樣，是老學特有用詞，是正面和肯定的意義。弱，指心志的堅韌。

6 無知無欲：沒有偽詐的心智，沒有爭盜的欲念。

7 使夫智者不敢為也：自作聰明的人不敢多事。

8 為無為：以無為的方式去做，即以順應自然的態度去處理事務。

譯文

不標榜賢明，使民眾不起爭心；不珍貴難得的財貨，使民眾不起盜心；不顯耀可貪的事物，使民眾不被惑亂。

所以有道的人治理政事，要使人心靈開闊，生活安飽，意志柔韌，體魄強健。使一些自作聰明的人不敢妄為。依照無為的原則去處理世務，就沒有不上軌道的。

賞析與點評

「虛其心，實其腹，弱其志，強其骨。常使民無知無欲」與第六十五章「古之善為道者，非以明民，將以愚之」，後人常以此誤認為老子主張「愚民」政策。老子深感人民攻心鬥智、機詐相見給社會帶來的混亂，因此提倡為政者一方面要保障人們的安飽，另一方面也要消解巧偽的心智（「無知」）、消除貪欲的擴張（「無欲」），期望統治者培養篤實的政風，引導人們恢復真樸（「愚」）。

四章

道沖[1]，而用之或不盈。淵兮，似萬物之宗。〔挫其銳，解其紛，和其光，同其塵[2]。〕湛兮[3]，似或存。

吾不知誰之子，象帝之先[4]。

注釋

1 沖：古字本為「盅」，虛之意。

2 這四句疑是五十六章錯簡重出。上句「淵兮」句與下句「湛兮」句正相對文。不盈：不盈滿。盈，充盈，充實。

3 湛：深、沉，指形容道的隱而未形。

4 象帝之先：道似在天帝之前，指道先天地生。

譯文

道體是虛空的，然而作用卻不窮竭。淵深啊！它好像是萬物的宗主；幽隱啊！似亡而又實存。

我不知道它是從哪裏產生的，好像是在天帝的宗祖。

五章

天地不仁[1]，以萬物為芻狗[2]；聖人不仁[3]，以百姓為芻狗。

天地之間，其猶橐籥乎[4]？虛而不屈[5]，動而愈出。

多言數窮[6]，不如守中[7]。

注釋

1 天地不仁：天地無所偏愛。指天地只是物理、自然的操作，並不具有人類的感情，萬物在天地間以循着自然的法則運行着，並不像有神論所想像的那樣，以為天地自然法則對某物有所愛顧或嫌棄。

2 芻狗：用草紮成的狗，作為祭祀時使用。

3 聖人不仁：聖人無所偏愛，指聖人取法於天地之純任自然。

4 槖（tuó）籥（yuè）：風箱。

5 不屈：不竭。

6 言：指聲教法令。多言：指政令繁多。數：通「速」。

7 守中：持守中虛。道家重視「中」的思想，如莊子講「養中」，馬王堆帛書《黃帝四經》講「平衡」。

譯文

天地無所偏愛，任憑萬物自然生長；聖人無所偏愛，任憑百姓自己發展。

天地之間，豈不像個風箱嗎？空虛但不會窮竭，發動起來而生生不息。

政令煩苛反而加速敗亡，不如持守虛靜。

賞析與點評

「天地不仁」是就天地的無私無為來說的。先前的人，總以為日月星辰、山河大地都有個主宰者駕臨於其上，並且把周遭的一切自然現象都視作有生命的東西，兒童期的人類，也常以自己的影像去認識自然、附會自然。人類將一己的願望投射出去，人格化自然界，因而以為自然界對人類有一種特別的關心和特別的愛意。老子反對這種擬人論（Anthropomorphism）的說法，強調天地間萬物自然生長，並以此說明統治者需效法自然的規律，任憑百姓自我發展。「天地不仁」是老子「無為」思想的引申。

六章

本章導讀——

本章用「谷」、「神」、「玄牝之門」、「天地根」來形容和描述玄虛的形而上學的道，「谷」象徵道體的「虛」狀，「神」比喻「道生萬物」的綿延不絕，「玄牝之門」「天地根」說明道是產生天地萬物的根源。「綿綿若存，用之不勤」說明道體實存，道孕育萬物而生生不息。

谷神不死[1]，是謂「玄牝」[2]。玄牝之門，是謂天地根。綿綿若存[3]，用之不勤[4]。

注釋

1 谷：形容虛空。神：形容不測的變化。不死：比喻變化的不停竭。

2 玄：幽深不測。牝（pìn）：生殖。玄牝：微妙的母性，指天地萬物總生產的地方。整句形容道生殖天下萬物，整個創生的過程卻沒有一絲形跡可尋。

3 綿綿若存：永續不絕。綿延不絕好像永遠存在着。

4 不勤：不勞倦，不窮竭。

譯文

虛空的變化是永不停竭的，這就是微妙的母性。微妙的母性之門，是天地的根源。它連綿不絕地永存着，作用無窮無盡。

七章

本章導讀——

老子從天地的運作不為自己論證統治之道。在位之人，往往一逞自己貪私的心念。老子理想的統治者必須懂得謙退之理，不把自己的意欲擺在前頭（「外其身」），自然能贏得大家的愛戴。不優先考慮自己的利害（「後其身」），自然能實現他的精神生命。

天長地久。天地所以能長且久者，以其不自生[1]，故能長生[2]。
是以聖人後其身而身先[3]，外其身而身存。以其無私，故能成其私[4]。

注釋

1 以其不自生：指天地的運作不為自己。
2 長生：長久。
3 後其身而身先：把自身放在後面，反而能得到大家的愛戴。
4 成其私：成就自己。

譯文

天地長久。天地所以能夠長久，乃是因為他們的一切運作都不為自己，所以能夠長久。
所以有道的人把自己退在後面，反而能贏得愛戴；把自己置於度外，反而能保全生命。正是由於他的無私，反而能夠成就自己。

八章

上善若水[1]。水善利萬物而不爭，處眾人之所惡，故幾於道[2]。居善地，心善淵[3]，與善仁[4]，言善信，政善治，事善能，動善時[5]。夫唯不爭，故無尤[6]。

注釋

1 上善若水：上善之人，好像水一樣。

2 幾：近。

3 淵：形容沉靜。

4 與：與別人相交相接。

5 動善時：行動善於把握時機。
6 尤：怨咎。

譯文

上善的人好像水一樣。水善於滋潤萬物而不和萬物相爭，停留在大家所厭惡的地方，所以更接近於道。居處善於選擇地方，心胸善於保持冷靜，待人善於真誠相愛，說話善於遵守信用，為政善於精簡處理，處事善於發揮所長，行動善於掌握時機。正因為有不爭的美德，所以沒有怨咎。

賞析與點評

「上善若水」，河上公注為「上善之人，如水之性」。水是印度、西方和東亞文化的一個重要元素，陳榮捷指出「初期的印度人將水和創造鏈接在一起；希臘人則視之為自然的現象；古代中國的哲學家，不管是老子還是孔子則寧可從中尋得道德的訓示。」水柔順、處下、利萬物而不爭的特性為老子所吸取，被視作人民應該追尋的完善的人格。

九章

持而盈之[1]，不如其已[2]；
揣而銳之[3]，不可長保。
金玉滿堂，莫之能守；
富貴而驕，自遺其咎。
功遂[4]身退[5]，天之道也[6]。

注釋

1 持而盈之：執持盈滿，含有自滿自驕的意思。

2 已：止。

3 揣而鋭之：捶擊使它尖鋭，含有顯露鋒芒的意思。

4 功遂：功業成就。

5 身退：斂藏鋒芒。

6 天之道也：指自然的規律。

譯文

執持盈滿，不如適時停止；

顯露鋒芒，鋭勢難保長久。

金玉滿堂，無法守藏；

富貴而驕，自取禍患。

功業完成，含藏收斂，是合於自然的道理。

賞析與點評

「功遂身退」的「身退」並不是引身而去，更不是隱匿形跡，是「欲其功成而不有之耳」（王真語），「身退」是斂藏，不發露，老子要人在完成功業後，不把持，不據有，不露鋒芒，不咄咄逼人。

對位祿的貪慕往往容易讓人恃才傲物，自取禍患。比如李斯做秦國宰相時集富貴功名於一身，顯赫不可一世，然而終不免做階下囚。當他臨刑時對他兒子說「吾欲與若復牽黃犬，出上蔡東門，逐狡兔，豈可得乎？」莊子最能道出貪慕功名富貴的後果。當楚國的國王要聘請他去做宰相的時候，他笑笑回答使者說：「千金重利，卿相尊位也。子獨不見郊祀之犧牛乎？養食之數歲，衣以文繡，以入太廟，當是之時，雖欲為孤豚，豈可得乎？」

老子提倡「功遂身退」也並不是要人做隱士，只是要人不膨脹自我。陳榮捷說「雖然隱士時常借用道家的名義，但道家的生活方式卻不是隱士式的。退隱的觀念即使在儒家思想中，也不全然匱乏，孟子即說老子之道是『可以退則退』。」

十章

本章導讀——

本章着重在講修身的功夫。一個健全的生活必須是形體和精神合一而不偏離，集氣到最柔和的境地，洗清雜念，摒除妄見，使心境處於靜定的狀態，觀照內心的本明，最終使肉體生活和精神生活臻於和諧的狀況。但老子所講的修身功夫又與瑜伽術有所不同，瑜伽的目的在超脱自我和外在的環境，老子重在修身，修身之後乃推其餘緒而愛民治國。

載營魄抱一[1]，能無離乎？
專氣[2]致柔，能如嬰兒乎[3]？
滌除玄鑒[4]，能無疵乎？
愛民治國，能無為乎？
天門開闔[5]，能為雌乎[6]？
明白四達，能無知乎[7]？
〔生之畜之。生而不有，為而不恃，長而不宰，是謂「玄德」[8]。〕

注釋

1 載：助語詞。抱一：合一。魂和魄合而為一，即合於道。

2 專氣：集氣（concentrate the vital force）。

3 能如嬰兒乎：指能如嬰兒之精氣充和嗎。五十五章「精之至也」、「和之至也」是對嬰兒之精充氣和的描述。此處是指通過「專氣致柔」的修養功夫方能達到彼境界。

4 玄鑒：一本作「玄覽」，比喻心靈深處明澈如鏡。

5 天門：喻感官。開闔：即動靜。

6 **為雌**：即守靜的意思。

7 **無知**：王弼本作「無為」。

8 以上五句重見於五十一章，疑為五十一章錯簡重出。

譯文

精神和形體合一，能不分離嗎？

結聚精氣以致柔順，能像嬰兒的狀態嗎？

洗清雜念而深入觀照，能沒有瑕疵嗎？

愛民治國，能自然無為嗎？

感官和外界接觸活動，能守寧嗎？

通曉四方，能不用心機嗎？

〔生長萬物，養育萬物。生長而不佔有，畜養而不依恃，導引而不主宰，這就是最深的「德」。〕

十一章

三十輻共一轂[1]，當其無[2]，有車之用。

埏埴以為器[3]，當其無，有器之用。

鑿戶牖[4]以為室，當其無，有室之用。

故有之以為利，無之以為用。

注釋

1 輻：車輪中連接軸心和輪圈的木條。古時候的車輪由三十根輻條所構成，這個數目取法於月數（每月三十日）。轂（gǔ）：車輪中心的圓孔，即插軸的地方。

2 無：指轂的中空之處。

3 埏（shān）：和。埴（zhí）：土。埏埴，和陶土做成飲食的器皿。

4 戶牖（yǒu）：門窗。

譯文

三十根輻條匯集到一個轂當中，有了車轂的中空的地方，才有車的作用。揉合陶土做成器具，有了器皿的中空的地方，才有器皿的作用。開鑿門窗建造房屋，有了門窗四壁中空的地方，才有房屋的作用。所以「有」給人便利，「無」發揮了它的作用。

賞析與點評

「有之以為利，無之以為用」，這裏的「有」「無」與第一章「無，名天地之始；有，名萬物之母」不同，第一章「有」「無」是就超現象界、本體界而言，而「有」在這裏指實物，「無」是對「有」的否定。一般人只注意到實有的作用，而忽略了空虛的作用。老子在本章通過車、器、室三個例子，說明車的中空的地方可以轉軸，車才能行駛；器皿中間空虛，才能盛物；屋室中空，才能居住，從而總結指出「無之以為用」。老子意在說明：一、「有」「無」是相互依存、相互為用的；二、無形的東西能產生很大的作用，只是不容易為一般人覺察而已。

十二章

五色令人目盲[1]，五音令人耳聾[2]，五味令人口爽[3]，馳騁畋獵令人心發狂[4]，難得之貨令人行妨[5]。是以聖人為腹不為目[6]。故去彼取此[7]。

注釋

1 五色：指青、赤、黃、白、黑。目盲：喻眼花繚亂。

2 五音：角、徵（zhǐ）、宮、商。耳聾：喻聽覺不靈。

3 五味：酸、苦、甘、辛、鹹。口爽：口病。爽，引申為傷、亡，喻味覺差失。

4 馳騁：縱橫奔走，喻縱情。畋：獵取禽獸。心發狂：心放蕩而不可制止。

5 妨：害，傷。行妨：傷害操行。

6 **為腹不為目**：只求安飽，不求縱情於聲色之娛。按：「為腹」即「實其腹」、「強其骨」；「不為目」，即「虛其心」、「弱其志」。

7 **去彼取此**：摒棄物欲的誘惑，而持守安足的生活。

譯文

繽紛的色彩使人眼花繚亂；紛雜的音調使人聽覺不敏；飲食饜飫使人舌不知味；縱情狩獵時人心放蕩；稀有貨品使人行為不軌。因此聖人但求安飽而不逐聲色之娛，所以摒棄物欲的誘惑而保持安足的生活。

賞析與點評

「為腹不為目」，「為目」即追逐外在貪欲的生活，「為腹」即建立內在恬淡的生活。一個人越是投入外在化的漩渦裏，則越是流連忘返，使自己產生自我疏離，而心靈日益空虛。特別是上層階級，如果尋求官能的刺激，流逸奔競，淫佚放蕩，心靈激擾不安，則會給社會帶來種種弊害。所以老子喚醒人們，要大家務內而不逐外，摒棄外界物欲的誘惑，持守內心的安足，確保固有的天真。

十三章

寵辱若驚[1]，貴大患若身[2]。

何謂寵辱若驚？寵為下[3]；得之若驚，失之若驚，是謂寵辱若驚。

何謂貴大患若身？吾所以有大患者，為吾有身；及吾無身，吾有何患[4]？

故貴以身為天下，若可寄天下；愛以身為天下，若可託天下。

注釋

1 寵辱若驚：得寵和受辱就使人驚慌。

2 貴大患若身：重視身體一如重視大患。

3 下：卑下的意思。此句一本作「辱為下」，一本作「寵為上，辱為下」。

4 吾所以有大患者，為吾有身；及吾無身，吾有何患：這是說大患是來自身體，所以防大患，應先貴身。老子說這話含有警惕的意思，並不是要人棄身或忘身。老子從來沒有輕身、棄身的思想，相反，他卻是要人貴身。

譯文

得寵和受辱都感到驚慌失措，重視自己的身體好像重視大患一樣。

甚麼叫做得寵和受辱都感到驚慌失措？得寵乃是下等的，得到恩惠感到心驚不安，失去恩惠也覺得驚恐慌亂，這就叫做得寵和受辱都感到驚慌失措。

甚麼叫做重視身體像重視大患一樣？我所以有禍患，乃是因為我有這個身體，如果沒有這個身體，我會有甚麼大患呢？

所以能夠以貴身的態度去為天下，才可以把天下寄託給他；以愛身的態度去為天下，才可以把天下委託給他。

賞析與點評

「寵辱若驚」，在老子看來，「寵」和「辱」都是對人的尊嚴的挫傷，並沒有兩樣。受辱固然損傷了自尊，得寵何嘗不是被剝奪了人格的獨立完整。得寵者的心理，總是感覺到這是一份意外的殊榮，既經賜予，就戰戰兢兢地惟恐失去，於是在賜予者面前誠惶誠恐，曲意逢迎，因而自我的人格尊嚴無形地萎縮下去。若是一個未經受寵的人，那麼他在任何人的面前都可以傲然而立，保持自己的人格之獨立完整。所以說，得寵也是卑下的，並不光榮（「寵為下」）。

一般人對於身外的寵辱毀譽，莫不過分的重視，就像如臨大患一樣，甚至於許多人重視身外的寵辱毀譽遠超過了自己的生命。老子提醒大家將注意力從外在的榮辱轉移到「身」上，要人貴身就像關注大患一樣。

十四章

本章導讀——

本章是描述道體的，老子說「道」是「視之不見」「聽之不聞」「搏之不得」的，「道」既沒有形體，當然也沒有顏色、沒有聲音，它不是一個有具體形象的東西。「迎之不見其首，隨之不見其後」，「道」超越了人類一切感覺知覺，不能為我們的感官所認識，是一個超驗的存在體。

視之不見，名曰「夷」；聽之不聞，名曰「希」；搏之不得，名曰「微」[1]。此三者不可致詰[2]，故混而為一。其上不皦[3]，其下不昧[4]，繩繩兮[5]不可名，復歸於無物[6]。是

謂無狀之狀，無物之象，是謂「惚恍」[7]。迎之不見其首，隨之不見其後。執古之道，以御今之有[8]。能知古始[9]，是謂道紀[10]。

注釋

1 夷、希、微：這三個名詞都是用來形容感官所不能把捉的「道」。

2 致詰（jié）：究詰，追究。

3 皦（jiǎo）：光明。

4 昧：陰暗。

5 繩繩兮：形容紛紜不絕。

6 復歸於無物：與第十六章「復歸其根」的意思相同。復歸，即還原。無物，不是一無所有，是指不具任何形象的實存體，「無」是相對於我們的感官來說的，任何感官都不能知覺它（「道」），所以用「無」字形容它的不可見。

7 惚恍：若有若無，閃爍不定。

8 有：與第一章的「有」不同，這裏的「有」不是老子的專有名詞，而指具體的事物。

9 古始：宇宙的原始或「道」的端始。

10 道紀：「道」的綱紀，即「道」的規律。

譯文

看它看不見，名叫「夷」；聽它聽不到，名叫「希」；摸它摸不着，名叫「微」。這三者的形象無可究詰，它是渾淪一體的。它上面不顯得光亮，它下面不顯得陰暗，它綿綿不絕而不可名狀，一切的運動都會還回到不見物體的狀態。這是沒有形狀的形狀，不見物體的形象，叫它做「惚恍」。迎着它，看不見它的前頭；追隨它，看不見它的後面。

把握着早已存在的道，來駕馭現在的具體事物。能夠了解宇宙的原始，叫做道的規律。

十五章

本章導讀——

本章承上章而言，「道」精妙深玄，恍惚不可捉摸。體道之士，也靜迷幽深，難以測識。世俗的人，形氣穢濁，利欲熏心。莊子說「嗜欲深者天機淺」，這班人，一眼就可以看到底。體道之士，則微妙深奧，「深不可識」。

從「豫兮若冬涉川」到「混兮其若濁」七句，老子對體道之士的風貌和人格形態試圖做一番描述，從慎重、戒惕、威儀、融合、敦厚、空豁、渾樸、恬靜、飄逸等方面寫出了體道者容態和心境，刻畫體道者人格修養的精神面貌。

老子在這裏對體道者的描寫，很自然的使我們聯想起莊子在《大宗師》中對「真人」的描寫。把老莊心中的理想人物做一個比較，老子所描繪的人格形態，較側重於凝靜敦樸、謹嚴審慎的一面，莊子所描繪的人格形態，較側重於高邁淩越、舒暢自適的一面。莊子那種超俗不羈，「獨與天地精神相往來」的人格形態是獨具一格的。在他筆下所構畫的胸次悠然、氣象恢弘的真人，和老子所描繪的體道之士比較起來有很大的不同。老子的描寫，素樸簡直，他的素材都是日常生活和自然風物的直接表現，莊子則運用浪漫主義的筆法，甚至於發揮文學式的幻想，將一種特出而又突出的人格精神提升出來。

古之善為道者[1]，微妙玄通，深不可識。夫唯不可識，故強為之容：

豫兮若冬涉川[2]；猶兮若畏四鄰[3]；儼兮其若客[4]；

渙兮其若凌釋[5]；敦兮其若樸；曠兮其若谷；

混兮其若濁；〔澹兮其若海；飂兮若無止[6]。〕

孰能濁以靜之徐清？孰能安以動之徐生？

保此道者，不欲盈。夫唯不盈，故能蔽而新成[7]。

注釋

1 善為道者：「道」，郭店本、王弼本、傅奕本作「士」。
2 豫兮：遲疑慎重之意。若冬涉川，形容小心翼翼，如履薄冰。
3 猶兮：形容警覺、戒惕的樣子。若畏四鄰：形容不敢走動。
4 儼兮：形容端謹莊嚴。客：一本作「容」。
5 渙兮：其若凌釋，一本作「渙兮若冰之將釋」。
6 澹：澹泊，沉靜。飂：高風，形容形跡飄逸。此兩句原在第二十章，疑為本章錯簡。
7 蔽而新成：去故更新的意思。

譯文

古時善於行道之士，精妙通達，深刻而難以認識。正因為難以認識，所以勉強來形容它：

小心審慎啊，像冬天涉足江河；
警覺戒惕啊，像提防四周的圍攻；
拘謹嚴肅啊，像做賓客；

融和可親啊，像冰柱消融；

淳厚樸質啊，像未經雕琢的素材；

空豁開廣啊，像深山的幽谷；

渾樸純厚啊，像濁水一樣；

誰能在動盪中安靜下來慢慢澄清？誰能在安定中變動起來而慢慢的趨進？

保持這些道理的人，不肯自滿。正因他不自滿，所以能去故更新。

十六章

致虛極，守靜篤[1]。

萬物並作[2]，吾以觀復[3]。

夫物芸芸[4]，各歸其根。歸根[5]曰「靜」，靜曰「復命」[6]。復命曰「常」[7]，知常曰「明」[8]。不知「常」，妄作凶。

知「常」容[9]，容乃公，公乃全[10]，全乃天[11]，天乃道，道乃久，沒身不殆。

注釋

1 虛：形容心靈空明的情況，喻不帶成見。致：推致。極、篤：指極點、頂點。致虛極，守靜篤：形容心境原來是空明寧靜的狀態，只因私欲的活動與外界的攪動，而使得心靈蔽塞不安，所以必須時時做「致虛」「守靜」的工夫，才能恢復心靈的清明，達到極端的空虛無欲。

2 作：生成活動。

3 復：往復循環。

4 芸芸：形容草木的繁盛。

5 歸根：回歸本原。

6 復命：復歸本原。

7 常：指萬物運動變化中的永恒規律。

8 明：萬物的運動和變化都依循着循環往復的律則，對於這種律則的認識和了解，叫做「明」。

9 容：寬容，包容。

10 全：周遍。

11 天：指自然的天，或為自然的代稱。

譯文

致虛和守靜的工夫，做到極篤的境地。

萬物蓬勃生長，我看出往復循環的道理。

萬物紛紛紜紜，各自返回到它的本根。返回本根叫做靜，靜叫做回歸本原。回歸本原是永恆的規律，認識永恆的規律叫做明。不認識永恆的規律，輕舉妄動就會出亂子。

認識常道的人是能包容一切的，無所不包容就能坦然大公，坦然大公才能無所不周遍，無不周遍才能符合自然，符合自然才能符合於道，體道而行才能長久，終身可免於危殆。

賞析與點評

「歸根」就是要回歸到一切存在的根源。根源之處，便是呈虛靜的狀態。而一切存在的本性，即是虛靜的狀況，還回到虛靜的本性，就是「復命」的思想。《莊子．繕性篇》所提出的「復初」的主張，乃是與「復命」、「復性」同類的概念，和本章關係也很密切。

老子復歸的思想，乃就人的內在之主體性、實踐性這一方向做回省工作。他們以為人心原本清明透徹，只因智巧嗜欲的活動而受騷亂與蒙蔽，故應捨棄智巧嗜欲的活動而復歸於原本的清淨透明的境地。唐李翱及其承繼宋學「復性」說，都承續了這一「復命」的思想。

「致虛極，守靜篤」，深藏若虛，「虛而不屈，動而愈出」，「虛」中含藏着創造的因子，呈現「靜」定的狀態，不急躁，不煩擾，安居泰然。但這「靜」也不是一潭死水的完全停滯，而是「靜中有動，動中寓靜」。「虛靜」的生活，蘊含着心靈保持凝聚含藏的狀態，唯有這種心靈才能培養出高遠的心志與真樸的氣質，也唯有這種心靈，才能導引出深厚的創造能量。

十七章

本章導讀——

老子將德治主義與法治主義做了個對比：用嚴刑峻法來鎮壓人民，這就是統治者誠信不足的一個表現，統治者誠信不足，人民自然產生「不信」的行為。如此統治者彈用高壓政策而走向末途。所以老子強烈反對這種刑治主義。同樣，老子也主張德治固然好，但這已經是多事的徵兆了。

老子處身於權勢的暴虐中，腳踏於酷烈的現實上，向往着沒有橫暴權力的干擾，政治權力完全消解，人民自由自在的烏托邦政治。老子理想中的政治情境是：一、統治者具有誠樸信實的素養。二、政府只是服務人民的工具。三、政治權力絲毫不得逼臨於人民的身上。

太上[1]，不知有之[2]；其次，親而譽之；其次，畏之；其次，侮之。信不足焉，有不信焉。

悠兮[3]其貴言[4]。功成事遂，百姓皆謂：「我自然[5]。」

注釋

1 太上：最好，至上；指最好的世代。本章的「太上」、「其次」並不是以時代先後為序的排列，而是價值等級的排列。

2 不知有之：人民不知道有君主的存在。郭店本作「下知有之」，人民只知道君主的存在而已。

3 悠兮：悠閒的樣子。

4 貴言：形容不輕於發號施令。

5 自然：自己如此。

譯文

最好的世代，人民只是感覺到統治者的存在；其次，人民親近他而讚美他；再其次的，人民畏懼他；更其次的，人民輕侮他。統治者的誠信不足，人民自然不相信他。（最好的統治者）悠然而不輕易發號施令。事情辦成功了；百姓都說：「我們本來是這樣的。」

十八章

本章導讀——

魚在水中，不覺得水的重要；人在空氣中，不覺得空氣的重要；大道興隆，仁義行於其中，自然不覺得有倡導仁義的必要。等到崇尚仁義的時代，社會已經不復淳厚。某種德行的表彰，正由於他們特別欠缺的緣故，在動盪不安的社會情景下，仁義、孝慈、忠臣等美德，就顯得如雪中送炭了。

大道廢，有仁義[1]；智慧出，有大偽；六親[2]不和，有孝慈；國家昏亂，有忠臣[3]。

注釋

1 有仁義：簡本和帛書乙本作「安有仁義」。智慧：智謀，指聖智、巧利。

2 六親：父、子、兄、弟、夫、婦。大偽：巨大的虛偽奸詐。

3 忠臣：一本作「正臣」、「貞臣」。

譯文

大道廢弛，仁義才顯現；家庭不和，孝慈才彰顯；國政混亂，忠臣才見出。

十九章

絕聖棄智[1]，民利百倍；絕仁棄義[2]，民復孝慈；絕巧棄利，盜賊無有。此三者[3]以為文[4]，不足。故令有所屬[5]：見素抱樸[6]，少私寡欲，絕學無憂[7]。

注釋

1 絕聖棄智：一本作「絕智棄辯」，通觀《老子》全書，「聖人」一次共三十二見，老子以「聖」喻最高人格修養境界，「絕聖」之詞與全書肯定「聖」之通例不合。

2 絕仁棄義：郭店本作「絕偽棄炸」。《老子》第八章主張「與善仁」，人與人的交往要尚仁，作「絕仁棄義」可能受到莊子後學激烈派思想的影響所致。

3 此三者：指智辯、偽詐、巧利。

4 文：文飾，浮文。
5 屬：歸屬，適從。
6 素：沒有染色的絲。樸：沒有雕琢的木。
7 絕學無憂：一本置於第二十章句首。無憂，即無擾。

譯文

拋棄巧辯，人民可以得到百倍的好處；棄絕偽詐，人民可以恢復孝慈的天性；拋棄巧詐和貨利，盜賊就自然會消失。（智辯、偽詐、巧利）這三者全是巧飾的，不足以治理天下。所以要使人有所歸屬：保持樸質，減少私欲，棄絕異化之學可無攪擾。

賞析與點評

「絕仁棄義」，老子由天地境界俯瞰人生，以道的無限來化解人心羈執的有限對待——仁義。仁義本來是用以勸導人的善行，如今卻流於矯揉造作。有人更剽竊仁義之名，以要利於世。那些人奪取職位之後，搖身一變，儼然成為一代道德大師，把仁義一類的美名放在口袋裏隨意運用。所以莊子沉痛地說：「為之仁義以矯之，則並與仁義而竊之。竊國者為諸侯，諸侯之門而仁義存焉。」老子認為不如拋棄這些被人利用的外殼，恢復人們天性自然的孝慈。老子在本章中所流露的憤世之言，乃是針對虛飾的文明所造成的嚴重災害而發的。

二十章

本章導讀——

老子看到貴賤善惡、是非美醜等種種價值判斷都是相對形成的，他的生活態度和世俗的價值取向也有所不同：世俗的人，熙熙攘攘，縱情於聲色貨利；老子則甘守淡泊，澹然無繫，但求精神的提升。所以福光永司說：「老子的『我』是跟『道』對話的『我』，不是跟世俗對話的『我』。老子便以這個『我』做主詞，盤坐在中國歷史的山谷間，以自語着人的憂愁與歡喜。他的自語，正像山谷間的松濤，格調高越，也像夜海的盪音，清澈如詩。」

唯之與阿[1]，相去幾何？美之與惡，相去若何？人之所畏，不可不畏。荒兮，其未央哉[2]！

眾人熙熙[3]，如享太牢[4]，如春登臺[5]；我獨泊兮[6]，其未兆[7]。沌沌兮，如嬰兒之未孩[8]；儽儽兮[9]，若無所歸。眾人皆有餘，而我獨若遺[10]，我愚人[11]之心也哉！俗人昭昭[12]，我獨昏昏[13]；俗人察察[14]，我獨悶悶[15]。〔澹兮其若海，飂兮若無止。[16]〕眾人皆有以[17]，而我獨頑且鄙[18]。我獨異於人，而貴食母[19]。

注釋

1 唯：恭敬的答應，這是晚輩回應長輩的聲音。阿：怠慢的答應，這是長輩回應晚輩的聲音。「唯」、「阿」都是回應的聲音，「阿」的聲音高，「唯」的聲音低，在這裏用以表示上下或貴賤的區別。

2 荒兮，其未央哉：精神包含廣遠而沒有邊際。荒兮，廣漠的樣子。未央，無盡的意思。

3 熙熙：縱情奔欲，興高采烈的樣子。

4 太牢：以牛、羊、豬三牲之肉做成食品，用以祭祀或筵席。

5 如春登臺：好像春天登臺眺望。

6 泊：淡泊，恬靜。

7 兆：徵兆，跡象。未兆：沒有跡象，形容不炫耀自己。

8 孩：同咳，嬰兒的笑。或說同骸、閡。

9 儽儽（lěi）兮：落落不群，無所依傍。

10 遺：不足的意思。

11 愚人：老子自己以「愚人」為最高修養的生活境界。「愚」是一種淳樸、真質的狀態。

12 昭昭：光耀自炫的樣子。

13 昏昏：暗昧的樣子。

14 察察：嚴苛的樣子。

15 悶悶：淳樸的樣子。

16 澹：澹泊，沉靜。飂：高風，形容形跡飄逸。

17 以：用。眾人皆有以，皆欲有所施用。

18 頑且鄙：形容愚陋，笨拙。

19 貴食母：以守道為貴。母，喻道。食母，滋養萬物的道。

譯文

應諾與呵聲，相差好多？美好與醜陋相差好多？眾人所畏懼的，我不能不有所畏懼。

精神領域開闊啊，好像沒有盡頭的樣子！

眾人都興高采烈，好像參加豐盛的筵席，又像春天登臺眺望景色。我卻獨個兒淡泊寧靜啊，沒有形跡，好像不知嘻笑的嬰兒。

落落不群啊，好像無家可歸。

眾人都有多餘，唯獨我好像不足的樣子。我真是「愚人」的心腸啊！渾渾沌沌啊！

世人都光耀自炫，唯獨我暗暗昧昧的樣子。世人都精明靈巧，唯獨我無所識別的樣子。

〔沉靜的樣子，好像湛深的大海；飄逸的樣子，好像無有止境。〕眾人都有所施展，唯獨我愚頑而拙訥。

我和世人不同，而重視進道的生活。

二十一章

孔德之容[1]，惟道是從。

道之為物，惟恍惟惚[2]。惚兮恍兮，其中有象[3]；恍兮惚兮，其中有物。窈兮冥兮[4]，其中有精[5]；其精甚真[6]，其中有信[7]。

自今及古[8]，其名不去，以閱眾甫[9]。吾何以知眾甫之狀哉？以此[10]。

注釋

1 孔：甚，大。德：「道」的顯現於作用為「德」。容：運作，樣態。

2 惟恍惟惚：恍惚，猶仿佛。

3 象：跡象。

4 窈兮冥兮：深遠暗昧。

5 精：最微小的原質。精神，規律。

6 其精甚真：最微小的原質是很真實的。

7 信：信驗，信實。

8 自今及古：一本作「自古及今」。

9 以閱眾甫：以觀察萬物的起始。「甫」，始。

10 以此：此指道。

譯文

大德的樣態，隨着道為轉移。

道這個東西，是恍恍惚惚的。那樣的惚惚恍恍，其中卻有跡象；那樣的惚惚恍恍，其中卻有實物；那樣的深遠暗昧，其中卻有精質；那樣的暗昧深遠，其中確是可信驗的。從當今上溯到古代，它的名字永遠不能消去，依據它才能認識萬物的本始。我怎麼知道萬物本始的情形呢！從「道」認識的。

賞析與點評

《莊子·秋水篇》說「夫精，小之微也」，指微小中最微小的。「其精甚真」，一般的譯本將「精」譯為「essence」，指精力；林語堂譯作「life-force」，即生命力。道不僅真實存在，而且具有無窮的生命力。陳榮捷主張「其精甚真」一語形成了周敦頤《太極圖說》的主幹，而周敦頤的著作奠定了全部新儒家形上學的根基。

二十二章

本章導讀——

常人所見只是事物的表相，看不到事物的裏層。老子以其豐富的生活經驗所透出的智慧，來觀照現實世界中種種事象的活動。老子曉喻人們不要急功近利，貪圖眼前的喜好，應該伸展視野，觀賞枝葉繁盛的同時，也能注意根底的牢固；不要急急於彰揚顯溢，引起無數紛爭，而應注意「不自見」、「不自伐」、「不自矜」，以得「不爭」之求全之道。

曲則全，枉[1]則直，窪則盈，敝則新，少則得，多則惑。是以聖人抱一[2]為天下式[3]。不自見[4]，故明[5]；不自是，故彰；不自伐，故有功；不自矜，故長。夫唯不爭，故天下莫能與之爭。古之所謂「曲則全」者，豈虛言哉？誠全而歸之。

注釋

1 枉：屈。

2 抱一：一本作「執一」。

3 式：法式，範式。

4 自見（xiàn）：自現，自顯於眾。

5 明：彰明。

譯文

委屈反能保全，屈就反能伸展，低窪反能充盈，敝舊反能生新，少取反能多得，貪多反而迷惑。

所以有道的人堅守這一原則作為天下事理的範式。不自我表揚，反能顯明；不自以為是，反能彰顯；不自己炫耀，反能見功；不自我矜恃，反能長久。

正因為不跟人爭，所以天下沒有人和他爭。古人所說的「委屈可以保全」等話，怎麼會是空話呢！它實實在在能夠達到的。

二十三章

本章導讀——

本章和第十七章是相對應的。第十七章中直陳的嚴刑峻法的政策會導致「畏之侮之」，指出統治者應該「貴言」。本章老子又提示出「希言」的政治理想，少聲教法令之治，行清淨無為之政，那麼社會就「同聲相應，同氣相求」，呈現安寧平和的社會風氣。

希言自然[1]**。故飄風**[2]**不終朝，驟雨不終日**[3]**。孰為此者？天地。天地尚不能久，而況人乎？**

故從事於道者，同於道；德者，同於德；失[4]者，同於失。同於道者，道亦樂得之；同於德者，德亦樂得之；同於失者，失亦樂得之。

〔信不足焉，有不信焉[5]。〕

注釋

1 希言：少說話。言，指「聲教法令」，希言，深一層的意思是不施加政令。希言與第五章「多言數窮」形成對比，與第二章「行不言之教」意義相同。

2 飄風：強風，大風。

3 驟雨：急雨，暴雨。

4 失：指失道，失德。

5 此兩句已見於十七章，疑是錯簡重出。

譯文

少發教令是合於自然的。

所以狂風颳不到一早晨，暴雨下不了一整天。誰使它這樣的？是天地。天地的狂暴都不能持久，何況人呢？

所以從事於道的人，就合於道；從事於德的人，就合於德；表現失道失德的人，就會喪失所有。同於德的行為，道會得到他；行為失德的，道也會拋棄他。

〔統治者的誠信不足，人民自然不相信他。〕

二十四章

本章導讀——

「企者不立，跨者不行」，就是自見、自伐、自矜的譬喻，這些輕躁的舉動都是反自然的行徑，因此短暫而不能長久。本章不僅借此說明躁進自炫的行為不可取，也喻示雷厲風行的政舉為人所共棄。

企[1]者不立，跨[2]者不行。自見者，不明；自是者，不彰；自伐者，無功；自矜者，不長。

其在道也，曰：「餘食贅行[3]，物或惡之。」故有道者不處。

注釋

1 企：同「跂」，舉起腳跟，翹起腳尖。

2 跨：躍，越，闊步而行。

3 餘食贅行：剩飯贅瘤。

譯文

踮起腳跟，是站不牢的；跨步前進，是走不遠的。自逞己見的人，反而不得自明；自以為是的，反而不得彰顯；自己誇耀的，反而不得見功；自我矜恃的，反而不得長久。從道的觀點來看，這些急躁炫耀的行為，可說都是剩飯贅瘤，惹人厭惡，所以有道的人不這樣做。

二十五章

有物混成[1]，先天地生。寂兮寥兮[2]，獨立而不改[3]，周行而不殆[4]，可以為天地母。吾不知其名，強字之曰「道」，強為之名曰「大」[5]。大曰「逝」[6]，逝曰「遠」，遠曰「反」[7]。

故道大，天大，地大，人亦大[8]。域中[9]有四大，而人居其一焉。

人法地，地法天，天法道，道法自然[10]。

注釋

1 有物混成：一本作「有狀混成」。

2 寂兮：靜而無聲。寥兮：動而無形。

3 獨立而不改：形容道的絕對性和永久性。

4 周行：有兩種解釋，一，周作周遍、周普講，周行指全面運行。二，周作環繞講，周行指循環運行。殆，通「怠」。不殆：不息。

5 大：形容道的沒有邊際，無所不包。

6 逝：指道的進行，周流不息。

7 反：老子書上的「反」字有兩種用法，一作「返」，一作「相反」，本章「反」屬前者。

8 人亦大：一本作「王亦大」。據下句「域中有四大，而人居其一焉」及「人法地，地法天，天法道」看，「王」字當作「人」字。

9 域中：空間之中，猶今人所稱宇宙之中。

10 道法自然：道純任自然，自己如此。

譯文

有一個混然一體的東西，在天地形成以前就存在。聽不見它的聲音也看不見它的形體，它獨立長存而永不休止，循環運行而生生不息，可以為天地萬物的根源。我不知道它的名字，勉強叫它作「道」，再勉強給它起個名字叫做「大」。它廣大無邊而周流不息，周流不息而伸展遙遠，伸展遙遠而返回本原。
所以說：道大，天大，地大，人也大。宇宙間有四大，而人是四大之一。
人取法地，地取法天，天取法道，道純任自然。

賞析與點評

「道大，天大，地大，人亦大」，老子一方面將神逐出道的理想園地，另一方面將人提攜至與道、天、地平等的地位，視作四大之一。如此突出人在宇宙中的地位，在中國思想史上尚屬首見。人法天地進而法道，便是人的生命境界由天地境界而提升到無限性的宇宙精神的進程。

二十六章

重為輕根，靜為躁君。是以君子終日行不離輜重[1]。雖有榮觀[2]，燕處[3]超然。奈何萬乘之主[4]而以身輕天下[5]？輕則失根[6]，躁則失君。

注釋

1 輜重：軍中載器械糧食的車。

2 榮：豪華，高大。觀：臺觀，樓觀。榮觀，指華麗的生活。

3 燕處：安居。

4 萬乘之主：指大國的君主。「乘」是車數。「萬乘」指擁有兵車萬輛的大國。

5 以身輕天下：任天下而輕用自己的生命。

6 根：王弼本作「本」，河上公本及多種古本作「臣」。

譯文

厚重是輕率的根本，靜定是躁動的主帥。因此，君子整天行走不離開載重的車輛。雖然有華麗的生活，卻安居泰然。為甚麼身為大國的君主，還輕率躁動以治天下呢？輕率就失去了根本，躁動就失去了主體。

賞析與點評

老子有感於當時的統治者奢恣輕淫，縱欲自殘，所以感歎說「奈何萬乘之主，而以身輕天下？」這是很沉痛的話，一國的統治者，當能靜重，而不輕浮躁動，輕躁的作風，就像斷了線的風箏，立身行事，草率盲動，一無效準。

二十七章

本章導讀——

本章不僅寫出有道者順任自然以待人接物，更表達了有道者無棄人無棄物的心懷。具有這種心懷的人，對於善人和不善的人都能一律加以善待。特別是對不善的人，並不因其不善而鄙棄他，一方面要勸勉他，誘導他，另一方面也可給善人做一個借鑒。

善行，無轍迹[1]；善言[2]，無瑕謫[3]；善數[4]，不用籌策[5]；善閉，無關楗[6]而不可開；善結，無繩約[7]而不可解。

是以聖人常善救人，故無棄人；常善救物，故無棄物。是謂「襲明」[8]。故善人者不善人之師，不善人者善人之資[9]。不貴其師，不愛其資，雖智大迷，是謂「要妙」[10]。

注釋

1 轍：軌跡。跡：足跡，馬跡。

2 善言：指善於行「不言之教」。

3 瑕讁：過失，疵病。

4 數：計算。

5 籌策：古時候計數的器具。

6 關楗（jiàn）：栓梢。

7 繩約：繩索。

8 襲：承襲，有保持或含藏的意思。明：指了解道的智慧。襲明：含藏着「明」。

9 資：取資，借資的意思。

10 要妙：精要玄妙。

譯文

善於行走的，不留痕跡；善於言談的，沒有過失；善於計算的，不用籌碼；善於關閉的，不用栓梢卻使人不能開；善於捆縛的，不用繩索卻使人不能解。

因此，有道的人經常善於做到人盡其才，所以沒有被遺棄的人；經常善於做到物盡其用，所以沒有被廢棄的物。這就叫做保持明境。

所以善人可以作為不善人的老師，不善人可以作為善人的借鏡。不尊重他的老師，不珍惜他的借鏡，雖然自以為聰明，其實是大迷糊。它真是個精要深奧的道理。

二十八章

知其雄，守其雌[1]，為天下谿[2]。為天下谿，常德不離，復歸於嬰兒。知其白，〔守其黑，為天下式。為天下式，常德不忒，復歸於無極。知其榮[3]，〕守其辱，為天下谷。為天下谷，常德乃足，復歸於樸。樸散則為器[4]，聖人用之[5]，則為官長[6]，故大制不割[7]。

注釋

1 知其雄，守其雌：「雄」譬喻剛動、燥進。「雌」譬喻柔靜、謙下。

2 谿：同「溪」，蹊徑。言墨守雌靜，當為天下所遵循之蹊徑。

3 此六句疑為後人竄入。

4 **器**：物，指萬物。

5 **之**：指樸。

6 **官長**：百官的首長，指君主。

7 **大制不割**：一本作「大制無割」，完善的政治是不割裂的。

譯文

深知雄強，卻安於雌柔，作為天下所遵循的蹊徑。作為天下所遵循的蹊徑，常德就不會離失，而回復到嬰兒的狀態。

深知明亮，卻安於暗昧，作為天下的川谷。作為天下的川谷，常德才可以充足，而回復到真樸的狀態。

真樸的道分散成萬物，有道的人沿用真樸，則為百官的首長。所以完善的政治是不可割裂的。

賞析與點評

「知雄守雌」是居於最恰切妥當的地方，掌握全面的境況。「守雌」的「守」不是退縮或迴避，而是含有主宰性在裏面，它不僅執持「雌」的一面，也可以運用「雄」的一方。「守雌」含有持靜、處後，守柔的意思，同時也含有內收、凝斂、含藏的意義。嚴復指出「今之用老者，只知有後一句，不知命脈在前一句也。」老子不僅「守雌」，而且「知雄」。

二十九章

本章導讀——

老子在本章中對「有為」之政提出警告。理想的政治應順任自然，因勢利導，一方面要允許差異性與特殊性的發展，不能削足適履。另一方面要捨棄一切過度的措施，去除一切酷烈的政舉。

將欲取[1]天下而為[2]之，吾見其不得已[3]。天下神器[4]，不可為也，不可執也[5]。為者敗之，執者失之。〔是以聖人無為，故無敗；無執，故無失[6]。〕

夫物，或行或隨，或歔或吹，或強或羸[7]，或載或隳[8]。是以聖人去甚，去奢，去泰[9]。

注釋

1 **取**：為，治，猶攝化。

2 **為**：指「有為」，強力去做。

3 **已**：語助詞。**不得已**：不可得。

4 **天下神器**：天下是神聖的東西。**天下**：指天下人。

5 **不可執也**：王弼本無此句。**執**：把持。

6 一本無此四句。

7 **羸**（léi）：羸弱。

8 **隳**（huī）：毀壞。

9 **泰**：太過。

譯文

想要治理天下卻用強力去做，我看他是不能達到目的的了。「天下」是神聖的東西，不能出於強力，不能加以把持。出於強力的，一定會失敗；加以把持的，一定會失去。

世人性情不一，有的行前，有的隨後；有的性緩，有的性急；有的強健，有的羸弱；

有的自愛，有的自毀。
所以聖人要去除極端的、奢侈的、過度的措施。

三十章

以道佐人主者，不以兵強天下。其事好還[1]。師之所處，荊棘生焉。大軍之後，必有凶年。

善有果[2]而已，不敢以取強。果而勿矜，果而勿伐，果而勿驕，果而不得已，果而勿強。

物壯[3]則老，是謂不道[4]。不道早已[5]。

注釋

1 其好事還：用兵這件事一定會得到還報。

2 果：效果。有幾種解釋：一，救濟危難；二，完成；三，勝。

3 壯：武力興暴。

4 不道：不合於道。

5 早已：早死。

譯文

用道輔助君主的人，不靠兵力逞強於天下。用兵這件事情一定會得到還報。軍隊所到的地方，長滿荊棘。大戰過後，一定會變成荒年。

善用兵的只求達到救濟危難的目的就是了，不借用武力來逞強。達到目的卻不矜持，達到目的卻不誇耀，達到目的卻不驕傲，達到目的卻不出於不得已，達到目的卻不逞強。

凡是氣勢壯盛的就會趨於失敗，這是不合於道的，不合於道很快就會消逝。

賞析與點評

「師之所處，荊棘生焉」，老子將戰爭危害的慘烈後果描述得觸目驚心。人類最愚昧最殘酷的行為，莫過於表現在戰爭的事件上。敗陣者傷殘累累，國破家亡，勝利者所付的代價也極其慘重。所以老子警惕說「其事好還」——武力橫行，終將自食其果；武力暴興，必定自取滅亡。

三十一章

本章導讀——

老子沉重地抨擊當時的武力侵略，在老子看來，用兵是出於「不得已」的，若是為了除暴安民而用兵，也應該「恬淡為上」，戰勝了也不能得意洋洋，而要「以喪禮處之」，「以悲哀泣之」，這是人道主義的呼聲。

夫兵者[1]，不祥之器，物或惡之，故有道者不處。

君子居則貴左，用兵則貴右[2]。兵者不祥之器，非君子之器，不得已而用之，恬淡為

上[3]。勝而不美，而美之者，是樂殺人。夫樂殺人者，則不可得志於天下矣。吉事尚左，凶事尚右。偏將軍居左，上將軍居右，言以喪禮處之。殺人之眾，以悲哀泣[4]之；戰勝，以喪禮處之。

注釋

1 今本作「夫佳兵者」，佳字疑為衍文。

2 古時候的人認為左陽右陰，陽生而陰殺。後文所謂「貴左」、「貴右」、「尚左」、「尚右」、「居左」、「居右」都是古時候的禮儀。

3 恬淡：不歡愉，不濃厚。

4 泣：有兩種講法：一，哭泣；二，泣為「蒞」的誤寫，蒞臨、對待的意思。

譯文

兵革是不祥的東西，大家都怨惡它，所以有道的人不使用它。君子平時以左方為貴，用兵時以右方為貴。兵革是不祥的東西，不是君子所使用的東西。萬不得已而使用它，最好要淡然處之。勝利了也不要得意洋洋，如果得意洋洋，就是喜歡殺人。喜歡殺人的，就不能在天下得到成功。吉慶的事情以左方為上，凶喪的事情以右方為上。偏將軍在左邊，上將軍在右邊，這是說出兵打仗用喪禮的儀式來處理。殺人眾多，帶着哀痛的心情去對待，打了勝仗要用喪禮的儀式去處理。

三十二章

道常無名，樸[1]。雖小[2]，天下莫能臣。侯王若能守之，萬物將自賓[3]。天地相合，以降甘露，民莫之令而自均[4]。始制有名[5]，名亦既有，夫亦將知止，知止[6]可以不殆。譬道之在天下，猶川谷之於江海[7]。

注釋

1 道常無名，樸：老子以「無名」喻「道」，如四十一章「道隱無名」。樸，乃無名之譬。木乃未製成之器，謂之「樸」。此句歷來有兩種斷句法，一為「道常無名樸」，一為「道常無名，樸（雖小）」，即「樸」屬下讀。三十七章有「無名之樸」，所以這裏仍以第一種斷句。

2 小：「道」是隱而不見的，所以用「小」來形容。

3 自賓：自將賓服於「道」。

4 民莫之令而自均：人們無須指令而「道」之養物猶甘露之自然均普。

5 始制有名：即二十八章所說的「樸散為器」。萬物興作，於是產生了各種名稱。「始」是指萬物的開始。

6 知止：知道行事的限度。「止」，一為適可而止，即行事有個限度；一謂行止，指處身行事。

7 一說此為倒文，當作「道之在天下，譬猶江海之與川谷」，以「江海」喻「道」，以「川谷」喻天下萬物。

譯文

道永遠是無名而樸質狀態的。雖然幽微不可見，天下卻沒有人能臣服它。侯王如果能守住它，萬物將會自然地歸從。

天地間陰陽之氣相合，就降下甘露，人們不須指使它而自然潤澤均勻。

萬物興作就產生了各種名稱，各種名稱已經制定了，就知道有個限度，知道有所限度，就可以避免危險。

道存在於天下，猶如江海為河川所流注一樣。

賞析與點評

老子常說「道大」，二十五章說「道大，天大，地大，人亦大」，「道」是域中四大之一。道無以名之，強為之名曰大，就強為之名曰道。廣大無邊的道不是一個無窮大的凝聚體，道是「一」，是存在之大全，它是整全的。老子又說「道小」，「道常無名，樸。雖小」，見小曰明，最細微的地方都有道。後來《莊子》中東郭子問道，莊子回答說最卑劣的螻蟻、屎尿廢物都有道，道在細微的地方，看不見的地方也有道。

三十三章

本章導讀——

本章講個人修養與自我建立。一個能「自知」、「自勝」、「自足」、「強行」的人，要在省視自己，堅定自己，克制自己，並且矢志力行，這樣才能進一步開展他的精神生命與思想生命。在老子看來，知人、勝人固然重要，但自知、自勝尤為重要。

知人者智，自知者明。

勝人者有力，自勝者強[1]。

知足者富。
強行[2]者有志。
不失其所者久。
死而不亡[3]者壽。

注釋

1 強：含有果決的意思。五十二章「守柔曰強」、七十六章「堅強者死之徒」之「強」字用法一樣，都是老子的特殊用字。

2 強行：勤勉力行。

3 死而不亡：身沒而道猶存。

譯文

認識別人的是「智」，了解自己的才算「明」。
戰勝別人的是有力，克服自己的才算堅強。
知道滿足的就是富有。

努力不懈的就是有志。
不離失根基的就能長久。
身死而不朽的才是長壽。

三十四章

本章導讀——

本章說明道的作用。道生長萬物，養育萬物，使萬物各得所需，各適其性，而絲毫不加以主宰。老子借「道」來闡揚順任自然而「不為主」的精神，消解人佔有和支配的衝動，從「衣養萬物」中我們可以呼吸到愛與溫暖的空氣。

大道氾兮[1]，其可左右。萬物恃之以生而不辭[2]，功成而不有。衣被萬物[3]而不為主，可名於「小」；萬物歸焉而不為主，可名為「大」。以其終不自為大，故能成其大。

注釋

1 氾（fàn）兮：廣氾流行的樣子。

2 辭：有兩種解釋：一、言辭、稱說；二、推辭。

3 衣被：一作「衣養」，護養萬物。

譯文

大道廣氾流行，無所不到。萬物依賴它生長而不推辭，有所成就而不自以為有功。養育萬物而不自以為主，可以稱它為「小」；萬物歸附而不自以為主宰，可以稱它為「大」。由於它不自以為偉大，所以才能成就它的偉大。

三十五章

執大象[1]，天下往。往而不害，安平泰[2]。樂與餌[3]，過客止。道之出口，淡乎其無味，視之不足見，聽之不足聞，用之不足既[4]。

注釋

1 象：道。大象：大道。
2 安：乃，於是。
3 樂與餌：音樂和美食。
4 用之不足既：一作「用之不可既」。

譯文

執守大「道」，天下人都來歸往。歸往而不互相傷害，於是大家都平和安泰。音樂和美食，能使過路的人停步。而「道」的表述，卻淡得沒有味道，看它卻看不見，聽它卻聽不着，用它卻用不完。

賞析與點評

仁義禮法猶如「樂與餌」，不如行守自然無為的「道」，能使人民平居安泰。

三十六章

將欲歙之[1]，必固張之[2]；將欲弱之，必固強之；將欲廢之[3]，必固舉之[4]；將欲取之，必固與之。是謂「微明」[5]。

柔弱勝剛強。魚不可脫於淵，國之利器不可以示人。

注釋

1 歙（xī）：斂，合。

2 固：有必然、一定之義。

3 廢：一作「去」。

4 舉：一作「興」、「與」。

5 微明：幾先的徵兆。

譯文

將要收合的，必先張開；將要削弱的，必先強盛；將要廢棄的，必先興舉；將要取去的，必先給與。這就是幾先的徵兆。

柔弱勝過剛強。魚不能離開深淵，國家的利器不可以隨便耀示於人。

賞析與點評

「柔弱勝剛強」，在剛強和柔弱的對峙中，老子寧願居於柔弱的一端。他在對人事與物性做深入而普遍的觀察後，了解到「勢強必弱」的道理：看來剛強的東西，由於它的彰顯外溢，往往暴露而不能持久；而看來柔弱的東西，由於它的含藏內斂，往往較富韌性。誠如「狂風吹不斷柳絲」，「齒落而舌長存」，老子所標識的守柔的人格心態，成為中國知識分子一種獨特的精神面貌，凝聚着中華民族性格中堅韌的一面。

三十七章

本章導讀——

本章圍繞老子的理想政治展開。老子認為統治者順任自然，做到清淨、真樸、不貪欲，不侈靡，不騷擾人民，不擴張私欲，讓人民自我化育，自我體現，自我發展，自我完成——無為而自化（self-transform），那麼百姓的生活自然可以獲得安寧，社會也能趨於安定。

道常無為而無不為[1]。

侯王若能守之，萬物將自化[2]。**化而欲作，吾將鎮**[3]**之以無名之樸。鎮之以無名之樸，**

夫將不欲。不欲以靜，天下將自正。

注釋

1 無為而無不為：無為，順其自然，不妄為，則無所不能為。

2 自化：自我化育；自生自長。

3 鎮：一本做「貞」，正、安之意。

譯文

道永遠是順任自然的，然而沒有一件事不是它所為。侯王如果能持守它，萬物就會自生自長。自生自長而至貪欲萌作時，我就用道的真樸來安定它。用道的真樸來安定它，就會不起貪欲。不起貪欲而趨於寧靜，天下便自然復歸於安定。

下篇

三十八章

本章導讀——

老子時代，禮已演為繁文縟節，拘鎖人心，同時為爭權者所盜用，成為剽竊名位的工具，所以老子抨擊禮是「忠信之薄而亂之首」。從「道」、「德」、「仁」、「義」、「禮」逐漸下降的過程，人際關係越來越外在化，人的內在精神被斫傷，自發自主的精神逐漸消失，僅靠一些規範把人的思想行為拘束在固定的形式中。

上德不德[1]，是以有德；下德不失德[2]，是以無德。

上德無為而無以為[3]；下德無為而有以為[4]。

上仁為之而無以為；上義為之而有以為。

上禮為之而莫之應，則攘臂而扔之[5]。

故失道而後德，失德而後仁，失仁而後義，失義而後禮[6]。夫禮者，忠信之薄[7]，而亂之首[8]。

前識者[9]，道之華[10]，而愚之始。是以大丈夫處其厚[11]，不居其薄[12]；處其實，不居其華。故去彼取此[13]。

注釋

1 上德不德：上德的人不自恃有德。

2 下德不失德：下德的人，恪守着形式上的德。

3 上德無為而無以為：上德的人順應自然而無新作為。以：有心，故意。

4 下德無為而有以為：「有以為」和「無以為」說的是有沒有模擬造作，有模擬造作就是「有以為」，沒有模擬造作就是「無以為」。此句為漢時衍入，當作四分法，即「上德……上仁……上義……上禮」。與十七章參讀，「上德無為而無以為」即「太上不知有之」；「上仁為之而無以為」即「其次親而譽之」；「上義為之而有以為」即「其次畏之」；「上禮為之而莫之應」即「其下侮之」。

5 **上禮為之而莫之應**：上禮之人想有作為而沒人回應。**攘臂而扔之**：伸出手臂來使人們強就。**扔之**：即引之，拽之，即強迫人服從。

6 此四句《韓非子》作「失道而後失德，失德而後失仁，失仁而後失義，失義而後失禮」。

7 **薄**：衰薄，不足。

8 **亂之首**：禍亂的開端。

9 **前識**：指預設種種禮儀規範。**者**：提頓，無義。

10 **華**：虛華，非實質的。禮儀規範乃道之「其次」者，故曰「華」。

11 **處其厚**：立身敦厚。

12 **薄**：澆薄，指「禮」。

13 **去彼取此**：捨棄薄華的禮，採取厚實的道與德。

譯文

上德的人不自恃有德，所以實是有德；下德的人可以求德，所以沒有達到德的境界。上德的人順任自然而無心作為；上仁的人有所作為卻出於無意；上義的人有所作為且出於有意。上禮的人有所作為而得不到回應，於是就揚着胳膊使人強從。所以喪失道就會失去德，失了德就會失去仁，喪失了仁就會失去義，失了義就會失去禮。

禮，標誌着忠信的不足，而禍亂的開端。

預設的種種規範，不過是道的虛華，是愚昧的開始。因此大丈夫立身敦厚，而不居於澆薄；存心篤實，而不居於虛華。所以捨棄薄華而採取厚實。

三十九章

本章導讀——

本章重點在講侯王的得道，為政者要能處下、居後、謙卑，體悟「道」的低賤的特性。有道的人君應如大廈的基石，要有駱駝般的精神，要能「珞珞如石」，樸質堅忍。

昔之得一者[1]——天得一以清，地得一以寧，神得一以靈，谷得一以盈，萬物得一以生[2]，侯王得一以為天下正。

其致之也[3]，天無以清，將恐裂；地無以寧，將恐廢；神無以靈，將恐歇；谷無以盈，

將恐竭；萬物無以生，將恐滅；侯王無以正，將恐蹶。

故貴以賤為本，高以下為基。是以侯王自稱孤、寡、不穀[4]。此非以賤為本邪？非乎？故至譽無譽[5]。是故不欲琭琭如玉[6]，珞珞如石[7]。

注釋

1 一：即得道。

2 萬物得一以生：一本無此句。

3 其致之也：推而言之。

4 孤、寡、不穀：都是侯王的謙稱。「孤」、「寡」是謙虛的說自己孤德、寡德。不穀，有不善的意思。

5 至譽無譽：最高的稱譽是無須誇耀的。

6 琭琭（lù）：形容玉的華麗。

7 珞珞（luò）：形容石塊的堅實。

譯文

從來凡是得到「一」（道）的：天得到「一」而清明，地得到「一」而寧靜，神得到「一」而靈妙，河谷得到「一」而充盈，萬物得到「一」而生長，侯王得到「一」而使天下安定。

推而言之，天不能保持清明，難免要崩裂；地不能保持寧靜，難免要震潰；神不能保持靈妙，難免要消失；河谷不能保持充盈，難免要涸竭；萬物不能保持生長，難免要絕滅；侯王不能保持清淨，難免要顛覆。

所以貴以賤為根本，高以下作為基礎。因此侯王自稱為「孤」、「寡」、「不穀」。這不是把低賤當作根本嗎？豈不是嗎？所以最高的稱譽是無須誇譽的。因此不願像玉的華麗，寧可如石塊般的堅實。

四十章

反者[1]，道之動；弱者[2]，道之用。

天下萬物生於「有」[3]，「有」生於「無」[4]。

注釋

1 反：通常有兩種講法：一、相反，對立面；二、返，循環。在老子哲學中，講到食物的對立面及其相反相成的作用，亦講到循環往復的規律性。此處之「反」，即「返」。

2 弱：柔弱，柔韌。

3 有：與第一章「有名萬物之母」之「有」相同，但和第二章「有無相生」及第十一章「有之以為利」之「有」不同，二章和十一章之「有」，是指現象界的具體存在物，而本章的「有」意指形而上之「道」的實存性。

4 **有生於無**：一本作「生於無」，「有生於無」的命題，疑為後出。

譯文

道的運動是循環的；道的作用是柔弱的。

天下萬物生於有，有生於無。

賞析與點評

「反者道之動」，「道體」是恆動的，由「道」產生的萬物也在相反對立和循環往復中不斷地更新運動和發展，這就是「道」於萬物的作用和規律。

四十一章

本章導讀——

本章說明道德的深邃、內斂、沖虛和含藏的特性。道的顯現不是外炫的，而是返照的，所以不易為一般人所覺察。

上士聞道，勤而行之；中士聞道，若存若亡；下士聞道，大笑之。——不笑，不足以為道。

故建言[1]有之：

明道若昧，進道若退，夷道[2]若纇[3]。
上德若谷，廣德若不足，建德若偷[4]，質真若渝[5]。
大方無隅[6]，大器晚成。
大音希聲，大象無形，道隱無名。
夫唯道，善貸且成[7]。

注釋

1 建言：立言。
2 夷道：平坦的道。
3 纇（lèi）：不平。
4 建：通「健」。偷：作「惰」解。建德若偷：剛健的「德」好像懈怠的樣子。
5 渝：變。
6 大方無隅：最方正的卻沒有棱角。
7 貸：施與。

譯文

上士聽了道，努力去實行；中士聽了道，將信將疑；下士聽了道，哈哈大笑。——不被嘲笑，那就不足以成為道。所以古時候立言的人說過這樣的話：

光明的道好似暗昧；前進的道好似後退；平坦的道好似崎嶇；

崇高的德好似低下的川谷；最純潔的心靈好似含垢的樣子；廣大的德好似不足；剛健的德好似懦弱的樣子；質樸純真好似隨物變化的樣子；

最方正的好似沒有棱角；貴重的器物總是最後完成；

最大的樂聲反而聽來無聲響；最大的形象反而看不見形跡；道幽隱而沒有名稱。

只有道，善於輔助萬物並使它完成。

賞析與點評

「不笑，不足以為道」，林語堂曾說「我覺得任何一个翻閱《道德经》的人最初一定會大笑；然後笑他自己竟然會這样笑；最後會覺得現在很需要這種學說。至少，這會是大多數人初讀老子的反應，我自己就是如此。」

四十二章

道生一，一生二，二生三，三生萬物[1]。萬物負陰而抱陽[2]，沖氣以為和[3]。〔人之所惡，唯孤、寡、不穀，而王公以為稱。故物或損之而益，或益之而損。人之所教，我亦教之。強梁者不得其死，吾將以為教父[4]。〕

注釋

1 道生一，一生二，二生三，三生萬物：這是老子著名的萬物生成論的提法，描述道生成萬物的過程。這一過程是由簡至繁，因此他用一、二、三的數字來代指。

2 負陰而抱陽：背陰而向陽。

3 沖氣以為和：陰陽兩氣互相交沖而成均調和諧狀態。沖，交沖，激盪。沖氣，指陰陽兩氣相激盪。和，有兩種講法：一、指陰陽合和的均調狀態；二、在陰陽二氣之外，還有另一種氣，叫做「和氣」。

4 本章是說萬物的生成，和這一段文義並不相屬，似為三十九章錯移本章。

譯文

道是無獨有偶的，渾沌未分的統一體產生天地，天地產生陽陰二氣，陰陽兩氣相交而形成各種新生體。萬物背陰而向陽，陰陽兩氣互相激盪而成新的和諧體。

〔人所厭惡的就是「孤」、「寡」、「不穀」，但是王公卻用來稱呼自己。所以一切事物，減損它有時反而得到增加，增加它有時反而受到減損。別人教導我的，我也用來教導人。強暴的人不得好死，我把它當作施教的根本。〕

賞析與點評

「道生一，一生二，二生三，三生萬物」，「一」、「二」、「三」形容「道」創生萬物時的活動歷程。「道」原為未分陰陽的混沌統一體，其後分化為陰陽兩氣，陰陽兩氣相互交沖形成新的和諧體。這種思想對後來的稷下學派、莊子學派都產生了較大的影響。

四十三章

本章導讀——

本章強調「柔弱」的作用與「無為」的效果。水是最柔不過的東西，卻能穿山透地。老子以水來喻柔能勝剛的道理。

天下之至柔，馳騁天下之至堅[1]。無有入無間[2]。吾是以知無為之有益。

不言之教，無為之益，天下希及之[3]。

注釋

1 馳騁：形容馬的奔走，這裏作「駕御」講。

2 無有入無間：無形的力量能穿透沒有間隙的東西之中。無有（that which is with out form）指不見形相的東西。無間：沒有間隙。

3 希：一本作「稀」。

譯文

天下最柔軟的東西，能駕御天下最堅硬的東西。無形的力量能穿透沒有間隙的東西，我因此知道無為的益處。

不言的教導，無為的好處，天下很少能夠做得到。

四十四章

名與身孰親？身與貨孰多[1]？得與亡[2]孰病？

甚愛必大費[3]，多藏必厚亡[4]。

故知足不辱，知止不殆，可以長久。

注釋

1 多：作重的意思。

2 得：指得名利。亡：指亡失生命。

3 甚愛必大費：過於愛名就必定要付出很大的耗費。

4 多藏必厚亡：豐厚的藏貨必定會招致慘重的損失。

譯文

聲名與生命比起來哪一樣親切？生命和貨利比起來哪一樣貴重？得到名利和喪失生命哪一樣為害？

過分的愛名就必定要付出重大的耗費；過多的藏貨就必定會招致慘重的損失。所以知道滿足就不會受到屈辱，知道適可而止就不會帶來危險，這樣才可以保持長久。

賞析與點評

「甚愛必大費，多藏必厚亡」，常人多輕身而徇名利，貪得而不顧危亡。放眼觀看，處處可以見到社會人群在求奪爭攘的圈子裏翻來滾去，其間的得失存亡，其實是很顯然的。老子要喚醒世人貴重生命，不可為名利而奮不顧身。

四十五章

大成若缺[1]，其用不弊。大盈若沖[2]，其用不窮。大直若屈，大巧若拙，大辯若訥。躁勝寒，靜勝熱。清靜，為天下正[3]。

注釋

1 大成：最完滿的東西。

2 沖：虛。

3 正：一本作「定」。

譯文

最完滿的東西好像有欠缺一樣，但是它的作用是不會衰竭的。最充盈的東西好像是空虛一樣，但是它的作用是不會窮盡的。最正直的東西好像是彎曲一樣，最靈巧的東西好像是笨拙一樣，最卓越的辯才好像口訥一樣。

疾動可以御寒，安靜可以耐熱。清淨無為可以做人民的模範。

賞析與點評

「大成若缺」、「大盈若沖」、「大直若屈」、「大巧若拙」、「大辯若訥」，說明一個完美的人格，不在外形上表露，而為內在生命的含藏收斂。

四十六章

本章導讀——

戰爭的起因，大半由於侵略者的野心勃勃，貪得而不知止足，結果侵人國土，傷人性命，帶來無窮的災難。老子指陳統治者多欲生事的危害，警惕為政者當清淨無為，收斂侵佔的意欲。

天下有道，卻走馬以糞[1]；天下無道，戎馬[2]生於郊[3]。

禍莫大於不知足，咎莫大於欲得。故知足之足，常足矣[4]。

注釋

1 卻（què）：屏去，退回。糞：耕種。

2 戎馬：戰馬。

3 生於郊：字面的解釋是牝馬生駒犢於戰地的郊野。生，興，言大興戎馬於郊野，指興兵征戰。「興戎馬」與「卻走馬」相對為文。

4 咎：罪過。故知足之足，常足矣：知道滿足的這種滿足，是永遠滿足的。

譯文

國家政治上軌道，把運載的戰馬還給農夫用來耕種。國家政治不上軌道，便大興戎馬於郊野而發動征戰。

禍患沒有過於不知足的了；罪過沒有過於貪得無厭的了。所以懂得滿足的這種滿足，將是永遠的滿足。

四十七章

不出戶，知天下；不窺牖[1]，見天道。其出彌遠，其知彌少。

是以聖人不行而知，不見而明[2]，不為而成[3]。

注釋

1 牖（yǒu）：窗戶。

2 明：一本作「名」。

3 不為：即無為。

譯文

不出門外，能夠知道天下的事理；不望窗外，能夠了解自然的法則。越向外奔逐，對道的認識越少。

所以聖人不出行卻能感知，不察看卻能明曉，無為而能成功。

賞析與點評

「其出彌遠，其知彌少」，一個輕浮躁動的心靈，無法明澈地透視外界事物。老子特重內在直觀自省，透過自我修養的工夫，做內觀返照，清楚心靈的屏障，以本明的智慧、虛靜的心境，去覽照外物。莊子和佛學也持有與此類似的觀點，而西方思想家或心理分析學家則認為人類心靈的最深處是焦慮不安的，愈向心靈深處挖掘，愈會發現它是暗潮洶湧、騰折不寧的。

四十八章

為學日益[1]，為道日損[2]。損之又損，以至於無為。無為而無不為[3]。取天下常以無事[4]，及其有事[5]，不足以取天下。

注釋

1 為學：指探求外物的知識活動。

2 為道：通過冥想或體驗以領悟事物未分化狀態的「道」。

3 無為而無不為：不妄為，就沒有甚麼事情做不成的。

4 取：為，治，猶攝化。無事：即無擾攘之事。

5 有事：政舉繁苛。這裏的「事」，猶如「惹事生非」的「事」。

譯文

求學一天比一天增加（知見），求道一天比一天減少（智巧）。減少又減少，一直到「無為」的境地。

如能無為那就沒有甚麼事情做不成的了。治理國家要常清淨不擾攘，至於政舉繁苛，就不配治理國家了。

賞析與點評

「為學日益，為道日損」，「為學」是探求外物的知識活動，求外在的經驗，知識愈累積愈多。而「為道」則是對宇宙萬物做根源性、整體性的體認，要摒除偏執妄見，減損成見和情欲，開闊心胸視野。所以「為學」所得的是知識的積累，而「為道」所得的是一種精神境界。

四十九章

本章導讀——

理想的統治者，收斂自我的成見和意欲，純厚真樸，以善心去對待任何人，以誠心對待一切人，破除自我中心，體認百姓需求。

聖人常無心[1]，以百姓心為心。

善者，吾善之；不善者，吾亦善之，德善[2]。

信者，吾信之；不信者，吾亦信之，德信。

聖人在天下，歙歙焉[3]，為天下渾其心[4]。百姓皆注其耳目[5]，聖人皆孩之[6]。

注釋

1 常無心：一本作「無常心」。

2 德：一本作「得」。

3 歙（xī）：收斂，指收斂主觀的意欲。

4 渾其心：使人心思化歸於渾樸。

5 百姓皆注其耳目：百姓都專注他們自己的耳目。指百姓競相用智，各用聰明，自然會產生各種的紛爭巧奪。

6 聖人皆孩之：聖人孩童般看待他們。

譯文

聖人沒有主觀成見，以百姓心為心。

善良的人，我善待他；不善良的人，我也善待他，這樣可使人人向善。

守信的人，我信任他；不守信的人，我也信任他，這就可使人人守信。

聖人在位，收斂自己的主觀成見與意欲，使人心思化歸於渾樸，百姓都投注他們自己的耳目，聖人卻孩童般看待他們。

五十章

出生入死[1]。生之徒[2]，十有三[3]；死之徒[4]，十有三；人之生，動之於死地，亦十有三。夫何故？以其生生之厚[5]。

蓋聞善攝生者[6]，陸行不遇兕[7]虎，入軍不被甲兵[8]；兕無所投其角，虎無所用其爪，兵無所容其刃。夫何故？以其無死地[9]。

注釋

1 出生入死：人出世為生，入地為死。這句有兩種解釋：一、人離開生路，就走進死路；二、人始於生而終於死。

2 生之徒：屬於長命的。徒：類，屬。

3 十有三：十分中有三分，即十分之三。

4 死之徒：屬於夭折的。

5 生生之厚：厚自奉養以求生。

6 攝生：養生。攝：調攝，養護。

7 兕（sì）：犀牛。

8 入軍不被甲兵：戰爭中不會受到殺傷。

9 無死地：沒有進入死亡的領域。

譯文

人出世為生，入地為死。屬於長壽的，佔十分之三；屬於短命的，佔十分之三；人本來可以活得長久，卻自己妄為而走向死路的，也佔了十分之三。為甚麼呢？因為奉養太過度了。

聽說善於養護生命的人，在陸地上行走不會遇到犀牛和老虎，在戰爭中不會受到殺傷；犀牛用不上牠的角，老虎用不上牠的爪，兵器用不上它的刃。為甚麼呢？因為他沒有進入死亡的範圍。

賞析與點評

「出生入死」，少私寡欲，保養自己的生命，清淨質樸，純任自然的生活，才是真正的長壽之道。

五十一章

道生之，德畜之，物形之，勢[1]成之。是以萬物莫不尊道而貴德。道之尊，德之貴，夫莫之命而常自然[2]。

故道生之，德畜之，長之育之[3]，亭之毒之[4]，養之覆之[5]。〔生而不有，為而不恃，長而不宰，是謂「玄德」[6]〕。

注釋

1 勢：有幾種解釋：一、環境；二、力，內在的勢能；三、對立。今從環境解。

2 莫之命而常自然：不加以干涉，而讓萬物順任自然。

3 長之育之：使萬物成長發育。

4 亭之毒之：有兩種解釋，一、安之定之；二，成之熟之。亭之毒之，就是使萬物安寧其心性，在各種環境成就萬物。

5 養之覆之：給萬物撫育保護。

6 玄德：深妙的德性。以上四句錯簡重出於《十章》，應在此章。

譯文

道生成萬物，德畜養萬物，萬物呈現各種形態，環境使各物成長。所以萬物沒有不尊崇道而珍貴德的。道所以受到尊崇，德所以被珍貴，就在於它不加干涉，而順任自然。所以道生成萬物，德畜養萬物，使萬物成長作育；使萬物安寧興作；使萬物愛養調護。〔生長萬物卻不據為己有，興作萬物卻不自恃己能，長養萬物卻不為主宰，這就是最深的德。〕

賞析與點評

「尊道而貴德」，道德順任萬物自我化育，自我完成，對各物的成長活動不加干涉，所以「尊貴」。《莊子．天地》篇說「物得以生謂之德」，德是一物所得之道，德是分，道是全，故而道家又稱為道德家。

五十二章

本章導讀——

本章要人從萬象中追索根源，而不要一味奔逐物欲，去除私欲和妄見的蔽障，內視本明的智慧，就可以明察事理。

天下有始[1]，以為天下母[2]。既得其母，以知其子[3]；既知其子，復守其母。沒身不殆。

塞其兑，閉其門[4]，終身不勤[5]；開其兑，濟其事[6]，終身不救。

見小曰「明」[7]，守柔曰「強」[8]。用其光，復歸其明[9]，無遺身殃[10]。是為「襲常」[11]。

注釋

1 始：本始，指道。

2 母：根源，指道。

3 子：指萬物。

4 兌：門。塞其兌，閉其門：塞住嗜欲的孔竅，閉起嗜欲的門徑。

5 勤：勞。

6 開其兌，濟其事：打開嗜欲的孔竅，增添紛雜的事件。

7 見小曰「明」：能察見細微的，才是「明」。

8 強：自強不息，健。

9 用其光，復歸其明：「光」是向外照耀，「明」是向內透亮。

10 無遺身殃：不給自己帶來災殃。

11 襲常：承襲常道。

譯文

天下萬物都有本始，作為天下萬物的根源。如果得知根源，就能認識萬物；如果認識萬物，又持守着萬物的根源，終身都沒有危險。

塞住嗜欲的孔竅，閉起嗜欲的門徑，終身都沒有勞擾的事。打開嗜欲的孔竅，增添紛雜的事件，終身都不可救治。

能察見細微的叫做「明」，能持守柔弱的叫做「強」。運用智慧的光，返照內在的明，不給自身帶來禍殃，這叫做永續不絕的常道。

五十三章

本章導讀——

老子在本章痛言政風敗壞的惡果。為政者挾持權力搜刮榨取百姓，過着奢侈糜爛的生活，而下層民眾卻因此陷於飢餓的邊緣，所以老子氣憤地罵這些當權者為「強盜頭子」。

使我[1]介然有知[2]，行於大道，唯施[3]是畏。

大道甚夷[4]，而人[5]好徑[6]。朝甚除[7]，田甚蕪，倉甚虛；服文彩，帶利劍，厭[8]飲食，財貨有餘，是為盜夸[9]。非道也哉！

注釋

1 我：有道的治者。
2 介然有知：微有所知，稍有知識。
3 施（yí）：邪；斜行。
4 夷：平坦。
5 人：指人君。
6 徑：邪徑。
7 除：廢弛、頹敗。
8 厭：飽食。
9 盜夸：大盜。

譯文

假使我稍微有些認識，在大道上行走，擔心惟恐走入了邪路。大道很平坦，但是人君卻喜歡走斜徑。朝廷腐敗極了，弄得農田非常荒蕪，倉庫十分空虛；還穿着錦繡的衣服，佩戴鋒利的寶劍，飽足精美的飲食，搜刮足餘的財貨；這就叫做強盜頭子。多麼的無道啊！

五十四章

善建者不拔，善抱[1]者不脫，子孫以祭祀不輟[2]。

修之於身，其德乃真；修之於家，其德乃餘；修之於鄉，其德乃長[3]；修之於邦[4]，其德乃豐；修之於天下，其德乃普。

故以身觀身，以家觀家，以鄉觀鄉，以邦觀邦，以天下觀天下。吾何以知天下之然哉？以此。

注釋

1 抱：牢固的意思。

2 輟（chuò）：停止，絕滅。

3 長：盛大。

4 邦：一本作國。

譯文

善於建樹的不可拔除，善於抱持的不會脱離，如果子孫能遵守這個道理則世世代代的祭祀不會斷絕。

拿這個道理貫徹到個人，他的德會是真實的；貫徹到家，他的德可以有餘；貫徹到一鄉，他的德能受尊崇；貫徹到一國，他的德就會豐盛；貫徹到天下，他的德就會普遍。所以要從（我）個人觀照（其它的）個人，從（我）家觀照（其它人的）家，從（我的）鄉觀照（其它的）鄉，從（我的）國觀照（其它的）國，從（我的）天下觀照（其它的）天下。我怎麼知道天下的情況呢？就是用這種道理。

賞析與點評

「修身」是建立自我與處人治世的基點，所以「修身」貴在「修德」。《管子・牧民》篇也有類似的表述，「以家為家，以鄉為鄉，以國為國，以天下為天下」。儒家《大學》中也提出「修身齊家治國平天下」的主張，但與《老子》和《管子》略有差別。《大學》修身齊家之後急速推廣到治國，但「家」與「國」分屬不同領域，所處理的時間也有所差別，能齊家的未必能治國。

五十五章

本章導讀——

老子將深厚修養境界的人比喻為「赤子」，他們如嬰兒般純真柔和。「精之至」形容聖人精神充實飽滿的狀態，「和之至」形容他們心靈凝聚和諧的狀態。

含德之厚，比於赤子。蜂蠆虺蛇不螫[1]，攫鳥[2]猛獸不搏。骨弱筋柔而握固，未知牝牡之合而朘作[3]，精之至也。終日號而不嗄[4]，和之至也。

知和曰常，知常曰明。益生[5]曰祥[6]，心使氣曰強[7]。

物壯[8]則老，謂之不道。不道早已。

注釋

1 蠆（chài）：蠍類。虺（huǐ）：毒蛇。螫（shì）：毒蟲用尾段刺人。

2 攫（jué）鳥：用腳爪取物如鷹隼一類的鳥。攫和猛，都形容兇惡的物類。

3 朘（zuī）：嬰孩的生殖器。朘作：嬰孩的生殖器舉起。

4 嗄（shà）：啞。

5 益生：縱欲貪生。

6 祥：妖祥、不祥。

7 強：逞強，暴。

8 壯：強壯。

譯文

含德深厚的人，比得上初生的嬰兒。蜂蠍毒蛇不咬傷他，兇鳥猛獸不搏擊他，鷹隼之類兇禽不搏持他。他筋骨柔弱拳頭卻握得很牢固，他還不知道男女交合但小生殖器卻自動勃起，這是精氣充足的緣故。他整天號哭，但他的喉嚨卻不會沙啞，這是元氣淳和的緣故。

認識淳和的道理叫做「常」，認識「常」叫做「明」。貪生縱欲就會有災殃，心機主使和氣就是逞強。過分的強壯就趨於衰老，這叫做不合於道。不合於道很快就會死亡。

五十六章

知者[1]不言[2]，言者不知。

〔塞其兌，閉其門[3]，〕〔挫其銳，解其紛，和其光，同其塵[4]，〕是謂「玄同」[5]。

故不可得而親，不可得而疏；不可得而利，不可得而害；不可得而貴，不可得而賤[6]。

故為天下貴。

注釋

1 知者：智者。

2 言：指聲教政令。

3 塞其兌，閉其門：已見於第五十二章，有的學者主張此處為錯簡重出。

4 挫其銳四句見於第四章。

5 玄同：玄妙齊同的境界，即道的境界。

6 不可得而親，不可得而疏；不可得而利，不可得而害；不可得而貴，不可得而賤：指「玄同」的境界超出了親疏利害貴賤的區別。

譯文

有智慧的人是不多言說的，多話的就不是智者。塞住人們嗜欲的孔竅，閉起嗜欲的門徑，不露鋒芒，消解紛擾，含斂光芒，混同塵世，這就是玄妙齊同的境界。這樣就不分親疏利害貴賤，所以為天下所尊貴。

賞析與點評

「知者不言，言者不知」，理想的智者能「挫銳」、「解紛」、「和光」、「同塵」，消除個我的固蔽，化除一切封閉隔閡，超越世俗偏狹的人倫關係的局限，能以開闊無偏的心胸去對待一切事物，所以「玄同」的智者不自顯自彰，言之無盡。但白居易讀《老子》時又質疑此句云：「言者不智，智者默，此語吾聞諸老君；若道老君是智者，如何自著五千言？」

五十七章

以正治國[1]，以奇用兵[2]，以無事取天下[3]。吾何以知其然哉？以此[4]：天下多忌諱，而民彌貧；人多利器[5]，國家滋昏；人多伎巧[6]，奇物[7]滋起；法令滋彰，盜賊多有。故聖人云：「我無為，而民自化[8]；我好靜，而民自正；我無事，而民自富；我無欲，而民自樸。」

注釋

1 正：清淨之道。

2 奇：奇巧，詭秘，臨機應變。

3 取天下：治理天下。

4 以此：簡本和帛書本無此句。

5 利器：鋭利武器，比喻權謀。

6 伎巧：技巧，即智巧。

7 奇物：邪事。

8 自化：自我化育。

譯文

以清淨之道治國，以詭奇的方法用兵，以不攪擾人民來治理天下。我怎麼知道是這樣的？從下面這些事端上可以看出：

天下的禁忌越多，人民越陷於貧困；人們的利器越多，國家越陷於昏亂；人們的技巧越多，邪惡的事情就連連發生；法令越森嚴，盜賊反而不斷增加。

所以有道的人說：「我無為，人民就自我化育；我好靜，人民就自然上軌道；我不攪擾，人民就自然富足；我沒有貪欲，人民就自然樸實。」

賞析與點評

威廉·詹姆士（William James）說：「自以為有資格對別人的理想武斷，正是大多數人間不平等與殘暴的根由」，老子反對為政者依一己的心意擅自釐定出種種標準，肆意妄為，強意推行。所以他提出統治者應當「無為」、「好靜」、「無事」、「無欲」，這種不干涉主義更能刺激人民的自發性。

五十八章

其政悶悶[1]，其民淳淳[2]；其政察察[3]，其民缺缺[4]。

禍兮，福之所倚；福兮，禍之所伏。孰知其極？其無正也[5]。正復為奇，善復為妖[6]。人之迷，其日固久[7]。

是以聖人方而不割[8]，廉而不劌[9]，直而不肆[10]，光而不耀[11]。

注釋

1 悶悶：昏昏昧昧，寬厚的意思。二十章「俗人察察，我獨悶悶」中悶悶，形容淳樸的樣子。

2 淳淳：淳厚的意思。

3 察察：嚴苛。

4 缺缺：機詐的樣子。

5 其無正也：他們沒有定準。指禍福變化無端。

6 正復為奇，善復為妖：正再轉變為邪，善再轉變為惡。

7 人之迷，其日固久：人們的迷惑，已經有長久的時日。

8 方而不割：方正而不割傷人。

9 廉：利。劌（guì）：傷。廉而不劌：鋭利而不傷害人。

10 直而不肆：直率而不放肆。

11 光而不耀：光亮而不刺耀。

譯文

政治寬厚，人民就淳樸；政治嚴苛，人民就狡猾。災禍啊，幸福就倚傍在它裏面；幸福啊，災禍藏伏在它之中。誰知道它們的究竟？他們並沒有一個定準。正忽而轉變為邪，善忽而轉變為惡。人們的迷惑，已經有長久的時日了。

因而有道的人方正而不割人，鋭利而不傷人，直率而不放肆，光亮而不刺耀。

賞析與點評

「禍兮福之所倚，福兮禍之所伏」講了禍福相因的道理，「塞翁失馬，焉知非福」也是同樣的意思。在日常生活中，福中常潛伏着禍的根子，禍中也常含藏着福的因素，禍福相依相生。這種循環倚伏的道理，常令人迷惑不解。現實生活中，我們經常可以看到一個人處於禍患的境遇中，反倒激發他奮發的心志，使他邁向廣大的途徑。而生活在幸福環境中的人，反倒養成怠惰的習性，最終走向頹敗。老子將我們的視野擴大，超拔於現實環境的局限，使我們不致為眼前的困境所構陷，也不為當下的心境所執迷。

五十九章

治人事天[1]，莫若嗇[2]。

夫唯嗇，是謂早服[3]；早服，謂之重積德[4]；重積德，則無不克；無不克，則莫知其極[5]；莫知其極，可以有國；有國之母[6]，可以長久。是謂深根固柢、長生久視之道[7]。

注釋

1 事天：保養天賦。

2 嗇（sè）：愛惜，保養。

3 早服：早作準備。

4 重積德：不斷積蓄德。重：多，厚，不斷增加的意思。德：指嗇德。

5 **極**：極點，盡頭。

6 **有國**：保國的意思。**母**：譬喻保國的根本之道。

7 **長生久視**：長久維持，長久存在。**久視**：久立的意思。

譯文

治理國家，愛護身心，沒有比愛惜精力更重要。愛惜精力，乃是早作準備；早作準備就是不斷的積德；不斷的積德就沒有甚麼不能勝任的；沒有甚麼不能勝任就無法估計他的力量；無法估計他的力量，就可以擔負保護國家的責任；掌握治理國家的道理，就可以長久維持；這就是根深柢固、長生久視的道理。

賞析與點評

「治人事天，莫若嗇」，「嗇」並不僅指財物上的「吝嗇」，更重在強調對精神的愛惜保養，培蓄能量，厚藏根基，不斷充實生命力。孟子《盡心》章也說「存其心，養其性，所以事天也」，只是道家的「養生」着重在保存靈明的本心，蓄養天賦的本性上。

六十章

治大國，若烹小鮮[1]。

以道莅天下[2]，其鬼不神[3]。非其鬼不神，其神不傷人；非其神不傷人，聖人亦不傷人。夫兩不相傷[4]，故德交歸焉[5]。

注釋

1 小鮮：小魚。

2 莅：同蒞，臨。

3 其鬼不神：鬼不起作用。古人常用陰陽和順來說明國泰民安，古人以陰氣過盛稱「鬼」。

4 兩不相傷：指鬼神和聖人不侵越人。
5 交：俱、共。交歸：會歸。

譯文

治理大國，好像煎小魚。

用道治理天下，鬼怪起不了作用；不但鬼怪起不了作用，神祇也不侵越人；不但神祇不侵越人，聖人也不侵越人。鬼神和有道者都不侵越人，所以德歸會於民。

賞析與點評

「治大國，若烹小鮮」，這句話對中國的政治思想產生了重大的影響。為政之要在於安靜無憂，擾則害民。有人也以此句質疑老子的「無為」說，認為「烹」本身也是一種「為」，這是對「無為」的一種誤解，「無為」不是無所作為，而是「不妄為」，因為小魚小而易碎，所以在烹調時更應小心謹慎，不能常常翻動，這正是老子「無為」的真諦。

六十一章

大邦者下流[1]，天下之牝，天下之交也。牝常以靜勝牡，以靜為下。

故大邦以下小邦，則取小邦；小邦以下大邦，則取大邦。故或下以取，或下而取[2]。

大邦不過欲兼畜人[3]，小邦不過欲入事人，夫兩者各得所欲。大者宜為下。

注釋

1 邦：帛書本作國。

2 下：謙下。取：通「聚」，會聚。

3 兼：聚起來。畜：飼養。兼畜人：把人聚在一起加以保護。

譯文

大國要像居於江河的下流，處於天下雌柔的位置，是天下交會的地方。雌柔常以靜定勝過雄強，因為靜定而又能處下的緣故。

所以大國對小國謙下，可以會聚小國；小國對大國謙下，就可以見容於大國。所以，（有時）大國謙下以會聚（小國），有時（小國）謙下而見容於大國。大國不過要聚養小國，小國不過要求見容於大國。這樣大國小國都可以達到願望。大國尤其應該謙下。

賞析與點評

「大國者下流」，「大者宜為下」，強調「謙下」的美德，不可自恃強大，更不能欺淩弱小。「謙下」也有「不爭」的內涵，要涵養內藏，不顯露鋒芒。所以「謙下」一方面要人收斂一己的佔有的衝動，另一方面，也要人凝練內在生命的深度。

六十二章

本章導讀——

本章在於闡揚道的重要性。天子三公，擁有拱璧駟馬，但仍不如守道為要。

道者，萬物之奧[1]。善人之寶，不善人之所保[2]。

美言可以市[3]，尊行可以加人[4]。人之不善，何棄之有？故立天子，置三公[5]，雖有拱璧以先駟馬[6]，不如坐進此道[7]。

古之所以貴此道者何？不曰：求以得[8]，有罪以免邪？故為天下貴。

注釋

1 奧：藏，庇蔭的意思。
2 保：保持。
3 市：交易的行為。
4 加：施。加人：對人施以影響。
5 三公：太師、太傅、太保。
6 雖有拱璧以先駟馬：拱璧在先、駟馬在後，是古時獻奉的禮儀。
7 不如坐進此道：不如用道來進獻。
8 求以得：有求就得到。

譯文

道是萬物的庇蔭。善人珍貴它，不善的人也處處保住它。

嘉美的言詞可以用作社交，可貴的行為見重於人。不善的人，怎能把道捨棄呢？所以立位天子，設置三公，雖然進奉拱璧在先、駟馬在後的禮儀，還不如用道來作為獻禮。

古時候重視道的原因是甚麼呢？豈不是說有求的就可以得到，有罪的就可以免除嗎？所以被天下人所貴重。

六十三章

為無為，事無事，味無味[1]。

大小多少[2]。〔報怨以德[3]。〕圖難於其易，為大於其細。天下難事，必作於易；天下大事，必作於細。是以聖人終不為大[4]，故能成其大。

夫輕諾必寡信，多易必多難。是以聖人猶難之，故終無難矣。

注釋

1 味無味：把無味當作味。

2 大小多少：大生於小，多起於少。

3 報怨以德：這句與上下文似不相關聯。疑為《七十九章》錯移於此。

4 **不為大**：不自以為大。

譯文

以無為的態度去作為，以不攪擾的方式去做事，以恬淡無味當作味。

大生於小，多起於少。〔用德來報答怨恨。〕處理困難要從容易的入手，實現遠大要從細微的入手；天下的難事，必定從容易的做起；天下的大事，必定從細微的做起。所以有道的人始終不自以為大，因此能成就大的事情。

輕易允諾的一定會失信，把事情看得太容易一定會遭受更多的困難。所以聖人總把事情看得艱難，因此終究就沒有困難。

賞析與點評

「圖難於其易，為大於其細」，老子提醒人們處理艱難的事情時，須先從細易處着手，面臨細易的事情，更不能輕心，這也就是老子所說的「見小曰明」。莊子也說「自細視大者不盡，自大視細者不明」，大道及事理，往往「隱」「晦」而「希聲」，需要知幾見小者才能洞察。

六十四章

其安易持[1]，其未兆易謀；其脆易泮[2]，其微易散。為之於未有，治之於未亂。合抱之木，生於毫末[3]；九層之臺，起於累土[4]；千里之行，始於足下。為者敗之，執者失之。是以聖人無為，故無敗；無執，故無失。民之從事，常於幾成而敗之。慎終如始，則無敗事。是以聖人欲不欲，不貴難得之貨；學不學，復眾人之所過。以輔萬物之自然，而不敢為。

注釋

1 其安易持：安穩時容易持守。

2 泮（pàn）：破，裂。

3 毫末：細小的萌芽。

4 累土：土籠，土籠是盛土的用具，累土就是一筐土。

譯文

局面安穩時容易持守，事變沒有跡象時容易圖謀。事物脆弱時容易破開；事物微細時容易散失。要在事情沒有發生以前就早作準備，要在禍亂沒有產生以前就處理妥當。合抱大樹，是從細小的萌芽生長起來的；九層高臺，是從一筐筐泥土建筑起來的；千里的遠行，是從腳下舉步走出來的。

人們做事情，常常在快要成功的時候就失敗了。事情要完成的時候也能像開始的時候一樣的謹慎，那就不會敗事了。

強作妄為就會敗事，執意把持就會失去。所以聖人不妄為因此不會敗事，不把持就不會喪失。

一般人做事，常在快要成功時遭致失敗。審慎面對事情的終結，一如開始時那樣慎重，那就不會失敗。

所以聖人求人所不欲求的，不珍貴難得的貨品；學人所不學的，補救眾人的過錯，以輔助萬物的自然變化而不加以干預。

賞析與點評

「千里之行，始於足下」，遠大的事情，必須有毅力和耐心一點一滴去完成，心意少有鬆懈，常會功虧一簣。

六十五章

古之善為道者，非以明民[1]，將以愚之[2]。民之難治，以其智多[3]。故以智治國，國之賊；不以智治國，國之福。知此兩者，亦稽式[4]。常知稽式，是謂「玄德」。「玄德」深矣，遠矣，與物反矣[5]，然後乃至大順[6]。

注釋

1 明：精巧。

2 愚：淳樸，樸質。

3 智多：多智巧偽詐。

4 稽（jī）式：法式、法則。

5 **反**：一作相反，德和事物的性質相反；一作返回，德和事物復歸於淳樸。

6 **大順**：自然。

譯文

從前善於行道的人，不是教人民精巧，而是使人民質樸。人民所以難以治理，乃是因為他們使用太多的智巧心機。所以用智巧去治理國家，是國家的災禍；不用智巧去治理國家，是國家的幸福。認識這兩種差別，就是治國的法則。常守住這個法則，就是「玄德」。「玄德」好深好遠啊！和萬物復歸到真樸，然後才能達到最大的和順。

賞析與點評

「非以明民，將以愚之」常被後人誤解為愚民政策，其實老子這裏所說的「愚」是真樸的意思。老子不僅期望人民真樸，更要求統治者首先應以真樸自礪。二十章所謂「我愚人之心也哉」就是老子所表述的理想的人格修養境界。

六十六章

本章導讀——

本章以江海來比喻人的處下居後，同時也以江海象徵人的包容大度，提示在上者儘量避免帶給人民負擔與累害，更不能見利爭先，損害人民的利益。

江海所以能為百谷王者[1]，以其善下之，故能為百谷王。

是以聖人欲上民，必以言下之；欲先民，必以身後之。是以聖人處上而民不重[2]，處前而民不害，是以天下樂推而不厭。以其不爭，故天下莫能與之爭。

注釋

1 百谷王：百川所歸往。

2 重：累，不堪。

譯文

江海所以能成為許多河流所匯往的地方，因為它善於處在低下的地位，所以能為許多河流所匯往。

所以聖人要領導人民，必須心口一致的對他們謙下；要為人民的表率，必須把自己的利益放在他們的後面。所以聖人居於上位而人民不感到負累，居於前面而人民不感到受害。所以天下人民樂於擁戴而不厭棄。因為他不跟人爭，所以天下沒有人能和他爭。

六十七章

本章導讀——

本章所說的三寶，「慈」就是愛心加上同情感，這是人類友好相處的基本動力；「儉」意指含藏培蓄，不奢靡，也就是五十九章「嗇」的意思；「不敢為天下先」即是「謙讓」「不爭」的思想。

〔天下皆謂我：「道大，似不肖。」夫唯大，故似不肖。若肖，久矣其細也夫[1]！〕

我有三寶，持而保之：一曰慈，二曰儉[2]，三曰不敢為天下先。慈故能勇[3]；儉故能廣[4]；不敢為天下先，故能成器長[5]。

今舍慈且[6]勇，舍儉且廣，舍後且先，死矣！

夫慈，以戰則勝，以守則固。天將救之，以慈衛之。

注釋

1 以上數句，與下文的意義似不相應，疑為錯簡。其譯文為：「天下人都對我說：『道廣大，卻不像任何具體的東西。』正因為它的廣大，所以不像任何具體的東西。如果它像的話，早就渺小了！」

2 儉：與「嗇」同義，有而不盡用。

3 慈故能勇：慈愛所以能勇邁，有孟子「仁者無敵」的意思。

4 儉故能廣：儉嗇所以能厚廣。

5 器長：萬物的首長。器，物，指萬物。

6 且：取。

譯文

我有三種寶貝，守持而保全着。第一種叫做慈愛，第二種叫做儉嗇，第三種叫做不敢居於天下人的前面。

慈愛所以能勇武；儉嗇所以能厚廣；不敢居於天下人的前面，所以能成為萬物的首長。

現在捨棄慈愛而求取勇武，捨棄儉嗇而求取寬廣，捨棄退讓而求取爭先，是走向死路！

慈愛，用來爭戰就能勝利，用來守衛則能鞏固。天要救助誰，就用慈愛來衛護他。

六十八章

本章導讀——

老子要人在戰爭中「不武」（不可逞強）、「不怒」（不可暴戾），也就是在戰爭中講「不爭」之德，這與上一章中講「慈」是相互對應的。

善為士者[1]，不武；善戰者，不怒；善勝敵者，不與[2]；善用人者，為之下。是謂不爭之德，是謂用人之力，是謂配天，古之極也。

注釋

1 為：治理，管理，這裏作統帥、率領講。士：士卒。統帥士卒，指擔任將帥。

2 不與：不爭。

譯文

善作將帥的，不逞勇武；善於作戰的，不輕易激怒；善於戰勝敵人的，不用對鬥；善於用人的，對人謙下。這叫做不爭的品德，這叫做善於用人，這叫做合於天道，這是自古以來的最高準則。

六十九章

本章導讀——

本章與上兩章內容相應，闡揚「不爭」之德、愛慈之理。老子是反戰的，他認為，如果不得已捲入戰爭，應該完全採取不挑釁、不侵略的原則，採取被動守勢，無意於爭端肇事。

用兵有言：「吾不敢為主[1]，而為客[2]；不敢進寸，而退尺。」是謂行無行[3]，攘無臂[4]，扔無敵[5]，執無兵[6]。

禍莫大於輕敵，輕敵幾喪吾寶。

故抗兵相若[7]，哀者勝矣[8]。

注釋

1 為主：進攻，採取攻勢。

2 為客：採取守勢，指不得已而應敵。

3 行：行陣，陣勢。行無行：雖然有陣勢，卻像沒有陣勢可擺。

4 攘臂：作怒而奮臂的意思。攘無臂：雖然要奮臂，卻像沒有臂膀可舉。

5 扔：因就。扔敵：就敵。扔無敵：雖然面臨敵人，卻像沒有敵人可赴。

6 兵：兵器。執無兵：雖然有兵器，卻像沒有兵器可持。

7 抗兵相若：兩軍相當。

8 哀：慈的意思。

譯文

用兵的曾說：「我不敢進犯，而採取守勢；不敢前進一寸，而要後退一尺。」這就是說，雖然有陣勢，卻像沒有陣勢可擺；雖然要奮臂，卻像沒有臂膀可舉；雖然面臨敵人，卻像沒有敵人可赴；雖然有兵器，卻像沒有兵器可持。禍患沒有再比輕敵更大的了，輕敵幾乎喪失了我的三寶。所以兩軍相當的時候，慈悲的一方可以獲得勝利。

七十章

吾言甚易知，甚易行。天下莫能知，莫能行。言有宗[1]，事有君[2]。夫唯無知[3]，是以不我知。知我者希，則我者貴[4]。是以聖人被褐而懷玉[5]。

注釋

1 宗：主旨。

2 君：根據。

3 無知：有兩種解釋，一指別人的不理解，一指自己的無知。今取第一種解釋。

4 則：法則。貴：難得。

5 被：着。褐（hè）：粗布。被褐：穿着粗衣。

譯文

我的話很容易了解，很容易實行。大家卻不能明白，不能實行。言論有主旨，行事有根據。正由於不了解這個道理，所以不了解我。了解我的人越少，取法我的人就很難得了。因而有道的聖人穿着粗衣而內懷美玉。

賞析與點評

「被褐而懷玉」，老子的文字雖然儉樸，內涵卻很豐富，猶如褐衣粗布裏面藏着的美玉一般，他的思想企圖就人類行為做一個根源性的探索，對世間事物做一個根本性的認識，用儉樸的文字說出精深的道理。

七十一章

知不知[1]，尚矣[2]；不知知[3]，病也。聖人不病，以其病病[4]。夫唯病病，是以不病。

注釋

1 知不知：這句話可作多種解釋，常見的解釋是：一、知道卻不自以為知道；二、知道自己不知道。

2 尚：上，最好。

3 不知知：不知道卻自以為知道。

4 病病：把病當作病（who recognizes sick-minded as sick-minded）。

譯文

知道自己有所不知道，最好；不知道卻自以為知道，就是缺點。有道的人沒有缺點，因為他把缺點當做缺點。正因為他把缺點當作缺點，所以他是沒有缺點的。

賞析與點評

老子說「知不知，尚矣；不知知，病也」，孔子說「知之為知之，不知為不知，是知也」，蘇格拉底說「知道自己不知道」，這三句話立意相同，要人有自知之明，並誠實地檢視自己，以求自我改進。

七十二章

民不畏威，則大威至[1]。

無狎其所居[2]，無厭其所生[3]。夫唯不厭，是以不厭[4]。

是以聖人自知不自見[5]，自愛不自貴[6]。故去彼取此。

注釋

1 「民不畏威」之「威」作威壓講，而「大威」之「威」指可怕的事，作禍亂講。

2 狎：通「狹」，逼迫。

3 厭：通「壓」，壓榨。

4 厭：厭惡。

5 **見**：同「現」，表現。**不自見**：不自我表揚。

6 **自愛不自貴**：指聖人但求自愛而不求自顯高貴。

譯文

人民不畏懼統治者的威壓，則更大的禍亂就要發生了。

不要逼迫百姓的居處，不要壓榨人民的生活。只有不壓榨人民，人民才不厭惡（統治者）。

因此，有道的人但求自知而不自我表揚，但求自愛而不自顯高貴。所以捨去「自見」、「自貴」而取「自知」、「自愛」。

賞析與點評

「自愛不自貴」，蔣錫昌說：「自愛即清淨寡欲，自貴即有為多欲」，聖人能堅守無為的原則，自我約束，不懈涵養，以「自化」、「自正」、「自富」、「自樸」實現自我的價值追求並進而影響天下。

七十三章

勇於敢則殺，勇於不敢則活。此兩者，或利或害。天之所惡，孰知其故？〔是以聖人猶難之[1]。〕

天之道[2]，不爭而善勝，不言而善應，不召而自來，繟然而善謀[3]。

天網恢恢[4]，疏而不失[5]。

注釋

1 此句是六十三章文字，重出於此。

2 天之道：自然的規律。

3 繟（chǎn）然：坦然，安然，寬緩。

4 **天網**：自然的範圍。**恢恢**：廣大，寬大。

5 **失**：漏失。

譯文

勇於堅強則會死，勇於柔弱則可活。這二種勇的結果，有的得利有的遭害。天道所厭惡的，誰知道是甚麼緣故？

自然的規律，是不爭攘而善於得勝，不說話而善於回應，不召喚而自動來到，寬緩而善於籌策。自然的範圍廣大無邊，稀疏而不會有一點漏失。

賞析與點評

老子以為自然的規律是柔弱不爭的，人類的行為應取法於自然而惡戒剛強好鬥，「用於敢」則逞強貪競，無所畏懼，「用於不敢」則柔弱哀慈，慎重行事。

七十四章

本章導讀——

人的生死是順應自然的，莊子說「適來，時也；適去，順也」，人生在世，理應享盡天賦的壽命。但是集權者則為了維護自己的權益，使許多人不能獲得自然的死亡（「司殺者殺」）。

民不畏死，奈何以死懼之？若使民常畏死，而為奇者[1]，吾得執而殺之，孰敢？

常有司殺者殺[2]。夫代司殺者殺，是謂代大匠斲[3]。夫代大匠斲者，稀有不傷其手矣。

注釋

1 奇：奇詭。為奇：指為邪作惡的行為。

2 司殺者：專管殺人的，指天道。

3 斲（zhuó）：砍，削。

譯文

人民不畏懼死亡，為甚麼用死亡來恐嚇他？如果使人民真的畏懼死亡，對於為邪作惡的人，我們就可以把它抓來殺掉，誰還敢為非作歹？經常有專管殺人的去執行殺的任務。那代替專管殺人的去執行殺的任務，這就如同代替木匠去斫木頭一樣。那代替木匠斫木頭的，很少有不砍傷自己的手。

七十五章

本章導讀——

剝削和高壓是政治禍亂的根本原因，在上者橫徵暴斂，萬民自養，政令繁苛，百姓動輒得咎，這樣的統治者已經變成了吸血蟲與大虎狼。到了這種地步，人民自然會從飢餓和死亡的邊緣挺身而出，輕於犯死了。

民之飢，以其上食稅之多，是以飢。

民之難治，以其上之有為[1]，是以難治。

民之輕死，以其上求生之厚[2]，是以輕死。

夫唯無以生為者[3]，是賢[4]於貴生[5]。

注釋

1 有為：政令煩苛，強作妄為。

2 以其上求生之厚：由於統治者奉養奢厚。

3 無以生為者：不把厚生奢侈作為追求的目標，即不貴生，生活要能恬淡。

4 賢：勝。

5 貴生：厚養生命。

譯文

人民所以飢餓，就是由於統治者吞吃賦稅太多，因此陷於飢餓。

人民所以難治，就是由於統治者強作妄為，因此難以管治。

人民所以輕死，就是由於統治者奉養奢厚，因此輕於犯死。

只有清淨恬淡的人，才勝於奉養奢厚的人。

七十六章

人之生也柔弱[1]，其死也堅強[2]；草木之生也柔脆[3]，其死也枯槁[4]。故堅強者死之徒，柔弱者生之徒。是以兵強則滅，木強則折。強大處下，柔弱處上。

注釋

1 柔弱：指人體的柔軟。
2 堅強：指身體的僵硬。
3 柔脆：指草木形質的柔軟。
4 枯槁（gǎo）：形容草木的乾枯。

譯文

人活着的時候身體是柔軟的，死了的時候就變成僵硬了；草木生長的時候是柔脆的，死了的時候就變成乾枯了。因此，堅硬的東西屬於死亡的一類，柔弱的東西屬於生存一類。

因此用兵逞強就會遭受滅亡，樹木強大就會遭受砍伐。凡是強大的，反而居於下位，凡是柔弱的，反而佔在上面。

賞析與點評

「兵強則滅，木強則折」，堅強者因為它的顯露突出，所以當外力衝擊時候首當其衝，才能外露，容易招忌而遭致掊擊，正如高大的樹木容易引來砍伐，逞強用兵則會滅亡。

七十七章

天之道，其猶張弓與？高者抑之，下者舉之；有餘者損之，不足者補之。天之道，損有餘而補不足；人之道則不然[1]，損不足以奉有餘。孰能有餘以奉天下？唯有道者。是以聖人為而不恃，功成而不處。其不欲見賢[2]。

注釋

1 人之道：指社會的一般律則。

2 見：即現。賢：常指聰明才智，這裏指多財，即上文的有餘。

譯文

自然的規律，豈不就像拉開的弓弦一樣嗎？弦位高了，就把它壓低，弦位低了就把它升高；有餘的加以減少，不足的加以補充。自然的規律，減少多餘，用來補充不足。人世的行徑，就不是這樣，卻要剝奪不足，而用來奉養有餘的人。誰能夠把有餘的拿來供給天下不足的？這只有有道的人才能做到。因此有道的人作育萬物而不自恃己能；有所成就而不以功自居。他不想表現自己的聰明才智。

賞析與點評

「損有餘而奉不足」，老子取法天道，認為社會規則也應照顧公平，拿有餘來彌補不足，保持均平調和，不再出現弱肉強食、「朱門酒肉臭，路有凍死骨」的現象，老子對社會正義的呼喚表現出老子強烈的社會責任意識。

七十八章

天下莫柔弱於水，而攻堅強者莫之能勝，以其無以易之[1]。

弱之勝強，柔之勝剛，天下莫不知，莫能行。

是以聖人云：「受國之垢[2]，是謂社稷主；受國不祥[3]，是為天下王。」正言若反[4]。

注釋

1 易：代替。

2 受國之垢：承擔全國的屈辱。

3 受國不祥：承擔全國的禍難。

4 正言若反：正道之言好像反話一樣。

譯文

世間沒有比水更柔弱的，衝擊堅強的東西沒有能勝過水的，因為沒有甚麼能代替它。弱勝過強，柔勝過剛，天下人沒有不知道，但卻沒有人能實行。因此有道的人說：「承擔全國的屈辱，才配稱國家的君主；承擔全國的禍難，才配做天下的君王。」正道說出來就好像是相反的一樣。

賞析與點評

「天下莫柔弱於水」，老子借用水的意象來比喻「道」的德性。水趨下居卑，有「不爭」之德，但同時水也綿綿不絕，水滴石穿，任何堅固的東西都抵擋不住，所以這裏水的「柔弱」不是軟弱無力的意思，而含有着堅韌不拔的性格。

七十九章

和大怨，必有餘怨，〔報怨以德[1]，〕安可以為善？

是以聖人執左契[2]，而不責於人[3]。有德司契[4]，無德司徹[5]。

天道無親[6]，常與善人。

注釋

1 「報怨以德」此句原是六十三章文字。

2 契：契券，就像現在所謂的合同。古時候，刻木為契，剖分左右，各人存執一半，以求日後相合符信。左契是負債人訂立的，交給債權人收執，就像今天所說的借據存根。

3 **責**：索取償還，即債權人以收執的左券向負債人索取所欠的東西。

4 **司契**：掌管契券。

5 **司徹**：掌管稅收。徹是周代的稅法。

6 **天道無親**：天道沒有偏愛，與第五章「天地不仁」意思相同。

譯文

調解深重的怨恨，必然還有餘留的怨恨，﹝用德來報答怨恨，﹞這怎能算是妥善的辦法呢？

因此聖人保存借據的存根，但是並不向人索取償還。有德的人就像持有借據的人那樣寬裕，無德的人就像掌管稅收的人那樣苛取。

自然的規律是沒有偏愛的，經常和善人一起。

賞析與點評

「天道無親」與第五章「天地不仁」的觀念是一致的。人心常有一種「移情作用」，心情開朗時，覺得花草樹木都在點頭含笑，但心情抑悶時，覺得山河大地都在哀思悲愁，這是人將自己的主觀情意投射給外物，使宇宙加以人情化的結果。老子主張花開葉落都是自然的現象，並沒有特別的感情，強調自然規律本身並沒有偏愛。

八十章

小國寡民[1]。使有什伯之器而不用[2]，使民重死而不遠徙[3]。雖有舟輿，無所乘之；雖有甲兵，無所陳之。使民復結繩而用之[4]。甘其食，美其服，安其居，樂其俗。鄰國相望，雞犬之聲相聞，民至老死，不相往來。

注釋

1 小國寡民：老子在古代農村社會基礎上所理想化的民間生活情景。

2 什伯：什佰。

3 重死：以死為重。

4 結繩：沒有文字之前，百姓結繩以記事。

譯文

國土狹小人民稀少。即使有十倍百倍人工的器械卻並不使用；使人民重視死亡而不向遠方遷徙。雖然有船隻車輛，卻沒有必要去乘坐；雖然有鎧甲武器，卻沒有機會去陳列。使人民回復到結繩記事的狀況。

人們有甜美的飲食、美觀的衣服、安適的居所、歡樂的習俗。鄰居之間可以互相看得見，雞鳴狗吠的聲音可以互相聽得着，人民從生到死，互相不往來。

賞析與點評

「小國寡民」是老子在對現實的不滿的基礎上以當時散落的農村生活構幻出來的一個「桃花源」式的烏托邦。在這個社會裏，沒有戰亂，沒有重賦，沒有暴戾和兇悍，每個人單憑自己純良的本能生活，民風淳樸厚實，文明的污染被從這裏隔絕了開來。老子構建的理想國中的安足和諧的生活，富有詩意，令人神馳。

八十一章

信言不美[1]，美言不信[2]。
善者不辯，辯者不善。
知者不博[3]，博者不知。
聖人不積[4]，既以為人，己愈有；既以與人，己愈多。
天之道，利而不害；聖人之道，為而不爭。

注釋

1 信言：真話，由衷之言。
2 美言：華美之言，即巧言。
3 博：廣博。

4 積：積藏。

譯文

真實的言詞不華美，華美的言詞不真實。

行為良善的人不巧辯，巧辯的人不良善。

真正了解的人不廣博，廣博的人不能深入了解。

有道的聖人不私自積藏，他儘量幫助別人，自己反而更充足；他儘量給與別人，自己反而更豐富。

自然的規律，利物而無害；人間的行事，施為而不爭奪。

賞析與點評

「知者不博，博者不知」，以博學自居的人，對於任何一門學問，往往只是略知皮毛而已，特別是現代知識活動隨着專業分工越來越明晰，術業有專攻成為必然的結果。「一事不知，儒者之恥」的時代一去不復返。所以為學如果博雜不精，就永遠無法真正進入知識的門墻。

名句索引

二畫

三畫

四畫

天地不仁，以萬物為芻狗；聖人不仁，以百姓為芻狗。 〇三〇

天網恢恢，疏而不失。 二〇九

夫物芸芸，各歸其根。歸根曰「靜」，靜曰「復命」。 〇六〇

夫唯不爭，故天下莫能與之爭。 〇八〇

孔德之容，惟道是從。 〇七六

五畫

以道佐人主者，不以兵強天下。 一〇一

功遂身退，天之道也。 〇三九

失道而後德，失德而後仁，失仁而後義，失義而後禮。 一二四

民不畏死，奈何以死懼之？ 二一一

六畫

企者不立，跨者不行。 〇八五

知不知，尚矣；不知知，病也。 二〇五

知足不辱，知止不殆，可以長久。 一四〇

知其雄，守其雌，為天下谿。 〇九五

知者不言，言者不知。 一七〇

知者不博，博者不知。 二二六

九畫

俗人昭昭，我獨昏昏；俗人察察，我獨悶悶。 〇七三

修之於身，其德乃真。 一六四

勇於敢則殺，勇於不敢則活。 二〇九

柔弱勝剛強。 一一七

為無為，則無不治。 〇二五

為學日益，為道日損。 一四八

十畫

十一畫

十二畫

十三畫及以上